「アルシアナ・ラプトリカ・ラ・エクドール・ソルテリィシアと申します」
感情のこもっていない形式上の挨拶にも、全く驚きはない。アルシアナとは、ビジネスライクな関係で構わないと思っている。俺はこの国をいずれ反帝国の旗頭に据えようとしているのだから。
婚約者と初顔合わせ

「救荒作物が必要だ。まずは種芋を確保し、農地の目星をつけ、開墾の人員を募る」
「一手二手先を読んだ策、御見逸れしました」
ヘンリック・レトゥアール
宮籐稔侍《くどう ねんじ》
宮籐稔侍が憑依した帝国の元皇子。弱小国へ婿入りすることになったが、これを好機と捉え帝国奪還を目論んでいる。
シャロン・ボンゼル
ヘンリックのメイド。ヘンリックに命を助けられ、忠誠を誓うように。回復魔法を操る希少な魔法使い。

冷徹皇子の帝国奪還計画 1

嶋森航

HJ文庫
1217

口絵・本文イラスト　くろぎり

CONTENTS

❖過去の記憶

「はぁ、はぁ……！」

追っ手から逃《に》げる二人が、狭《せま》い地下通路に苦悶《くもん》の息遣《いきづか》いを響《ひび》かせる。もはや臓腑《ぞうふ》全てが悲鳴を上げ、身体がひっきりなしに不調を訴《うった》えていた。断続的な目眩《めまい》と頭痛が、二人を悩《なや》ませる。

追っ手はレトゥアール帝国《ていこく》の乗っ取りを図《はか》る組織。それが突然《とつぜん》城に乗り込《こ》み、容赦《ようしゃ》なく皇族の命を次々と刈《か》り取っていった。それこそ、道端《みちばた》の雑草を刈り取るかのように。

この局面において唯一《ゆいいつ》の味方であるホルガー・フベール侯爵《こうしゃく》の機転により、どうにか帝《てい》都《と》の地下に張り巡《めぐ》らされた避難《ひなん》道へと逃げ込めたものの、追っ手はすぐにそれを察知した。

地下通路さえ抜《ぬ》ければ、城壁《じょうへき》の外側へ落ち延びることができる。しかし、通路から出られたとして、自らの体力的にそれ以上逃げ延びることは不可能だと、ホルガーは悟《さと》っていた。緩《ゆる》やかに減速し、やがて立ち止まったホルガーは、小さな背中を強く押《お》す。

「殿下《でんか》！　ここは儂《わし》に任せ、どうか一人で逃げるのじゃ！」

息切れは激しく、疲労《ひろう》の色は濃《こ》い。それでもせめてもの足掻《あが》きと言わんばかりに、腰《こし》の剣《けん》に手を添《そ》えて臨戦態勢を整えていた。

「無理だ！　爺《じい》が唯一の頼《たよ》りなんだ。絶対に置いていくものか！」

殿下――ヘンリック・レトゥアールのわずか九歳《さい》の子供らしからぬ迫真《はくしん》の声に、ホルガーは瞠目《どうもく》する。追っ手は無数にいる。この地下道を抜けたところで、命を拾える可能性はそう高くない。それこそ、老体に鞭《むち》を打つホルガーを随伴《ずいはん》させたままであれば、その確率はさらに下がる。

それでもヘンリックは老いて足取りの重いホルガーの手を引き、再び走り出した。

一心不乱で狭い地下道を駆《か》ける。その甲斐《かい》があって、出口からの淡《あわ》い光を視認《しにん》した。しかし外の光という甘《あま》い幻惑《げんわく》が、胸臆《きょうおく》に潜《ひそ》む僅《わず》かな慢心《まんしん》を手繰《たぐ》り寄せてしまう。

光はやがて鋭利《えいり》な矢に変容した。出口に追っ手が待ち構えていたのだ。

その追っ手が二人を射貫《いぬ》く構えをしていると気づいた時にはもう手遅《ておく》れだった。ヘンリックは反射的に目を瞑《つぶ》り、未《いま》だ知り得ない痛覚の鋭《するど》さに備える。

だがそれがヘンリックの身体を貫《つらぬ》くことはなかった。庇《かば》ったのが誰《だれ》かは推《お》して知るべしで、赤黒く染まった液体が眼前で弧《こ》を描《えが》く。

「爺！」

ヘンリックはすぐさま駆け寄った。矢は肩《かた》や左腰、右足を深々と貫いている。ホルガーはヒューヒューと苦しげな呻《うめ》き声を上げていた。

「爺、死ぬな！　約束したではないか！　共に父と兄を支えて更《さら》に広い世界を見ると！　貴族は一度口に出した言葉を何があっても守らねばならないのだと、爺は口酸《くちす》っぱく言っていたではないか！　約束を破るなどこのヘンリック・レトゥアールが許さないぞ！」

「約束を守れず、すまんかった……！　願わくば儂も殿下の行先を見たかった！」

「謝《あやま》るくらいなら気を強く持て！」

「今の矢、殿下からは絶妙《ぜつみょう》に逸《そ》れておった。きっと相当な手練《てだ》れであろうな。単なる威嚇《いかく》のつもりじゃろう」

それを頭では理解していても、ホルガーの身体は条件反射的に動いてしまった。万が一にもヘンリックに当たるのを防ぐために。

「サミガレッドの連中は自らの統治を内外に認めさせるための大義名分として、殿下を必要としている。だからたとえ儂が死んでも、殿下が殺されはせんじゃろう」

「何を言っている！　世迷《よま》い言ならあとでいくらでも聞いてやる。だから遺言《ゆいごん》まがいの言葉など冗談《じょうだん》でもやめろ！」

「いずれ殿下は……帝国を奪還《だっかん》するための好機を得るはずじゃ。その時が来ても……殿下には多くの困難が待ち受けているに違《ちが》いない。それでも……その手で帝国の民を……何としても救うのじゃ。奴《やつ》らに任せていては……民は疲弊《ひへい》し……土地は荒《あ》れ果ててしまう。賢明《けんめい》な殿下ならば必ずや果たせるはずと……爺は信じておる……！」

ホルガーは機械のように伝えたい事を喋《しゃべ》り続け、ついに事切れた。ヘンリックの嗚咽《おえつ》が狭い地下通路を支配する。

「ヘンリック殿下、皇宮《こうぐう》に戻《もど》られよ。これ以上抵抗《ていこう》しない限り、殿下に危害を加えるつもりはない。さあ、こちらへ」

聞き慣れたやや高い声が耳に響いた。

騎士団長《きしだんちょう》であったはずの男が、軽薄《けいはく》な笑《え》みを浮《う》かべながら近づいてきて、ヘンリックの身体を影《かげ》で覆《おお》う。

ヘンリックはまだ温《ぬく》もりを確かに帯びるホルガーの亡《な》き骸《がら》をその眼《め》に刻みつけながら意を決した。乗っ取られた帝国を必ずや奪還すると。そのためには手段を選ばない、と。

❖帝国皇子の婿入り

誤って口の中を切ってしまいそうなほどの大きな振動《しんどう》を受け、一気に意識が覚醒《かくせい》した。乗っていた馬車の車輪が石を掠《かす》め、大きく揺《ゆ》れたようである。

それにしても不思議な夢だった。経験したわけでもないのに、脳裏《のうり》に色濃《いろこ》く焼きついてひどく鮮明《せんめい》だ。若干《じゃっかん》気持ちが悪いのは、夢の中と言えど血生臭《ちなまぐさ》い空気に包まれていたからであろう。何度か目を擦《こす》り、光で朧《おぼろ》げだった視界が徐々《じょじょ》に開けていく。

「大丈夫《だいじょうぶ》ですか？　殿下」

視界に入ってきた少女の顔に、俺《おれ》は図らずも見惚《みと》れてしまう。背格好は小柄《こがら》で細身。淡く金色に染められたプラチナブロンドの髪《かみ》が目を惹《ひ》いた。開花直後の白百合《しらゆり》が如く艶《つや》のある肌《はだ》に、夕焼けを映したような瞳《ひとみ》。顔立ちはひどく整っており、一種の芸術品とすら感じさせるほど完璧《かんぺき》なパーツ配置だった。

そんな整った顔が覗《のぞ》き込んでくれば多少なりとも心は乱れるはずだが、表面上平静を保てているのはこの身体が俺のものではないからだ。

自分の精神が、別人の身体に入り込んでいると気づいたのは、昨晩のことである。現状把握《はあく》に、俺は一晩を費《つい》やした。

この身体に影響《えいきょう》されてか、思考はいつもより冷静で、感情の起伏《きふく》も乏《とぼ》しい。それはそれとして、一番の問題は――、

「殿下？」

俺が鼻筋に皺《しわ》を寄せたまま固まっていると、少女――シャロン・ボンゼルが怪訝《けげん》そうな瞳を向けてきた。シャロンは俺の使用人らしい。

「うるさい。余計なお世話だ」

俺が意図した言葉と違う、突《つ》き放《はな》すような言葉が出た。やはりか……。

俺の傲慢《ごうまん》な態度には慣れきったものなのか、シャロンはムッとするわけでもなく、さも当然のように頭《こうべ》を垂れる。

「ふぅ……」

小さく息を吐《つ》いて、目頭《めがしら》を押さえる。

どういうわけか素直《すなお》な気持ちを口にできない。これもこの身体による影響だろう。

荒唐無稽《こうとうむけい》な話だが、俺・宮籐稔侍《みやとうねんじ》はどうやら「ヘンリック・レトゥアール」という男に憑依《ひょうい》したらしい。

胸の内には自分のものとは思えない感情が奔流《ほんりゅう》し、その中には憎《にく》しみに呑《の》まれるドス黒い闇《やみ》や、逆に内に秘《ひ》めた正義感も混ざり合っていた。

ただ意識は俺が保持しており、「俺」の思考が主体となり、行動も「俺」によって自在に変えられるようだ。

二重人格というよりは、「俺」が「ヘンリック」の身体を乗っ取ったという感じだろう。

「今どの辺りだ」

「あと三日ほどで城塞《じようさい》都市アルバレンに着きます。公都エルドリアまでは更に三日かかる予定です」

俺は今、レトゥアール帝国の帝都・ヘンデルバーグから、エクドール＝ソルテリィシア大公国の公都・エルドリアに向かう道中にいる。

本来ならば交わるはずのない両国が手を結んだからだ。大公国はレトゥアール帝国の宿敵であるヴァラン王国の属国であり、大公国による帝国との協調は、王国にとって未曾有《みぞう》の背信行為《こうい》であった。大公国は王国との手切れを表明するとともに、帝国の皇子である俺の婿入りという形で婚姻《こんいん》同盟を締結《ていけつ》してしまった。

無論、相当な事情があることは察するに余りある。

「殿下もお疲《つか》れのようですし、一旦休憩《いったんきゅうけい》に致《いた》しましょう。ここから更に道も険しくなりますから」

「だから不要な気遣《きづか》いだと言ったはずだ」

「……」

シャロンは無言でジッとこちらを見つめてくる。余程《よほど》俺《おれ》の様子を奇怪《きかい》と受け取ったのだろうか。

「……はぁ」

俺は観念し、肩を竦《すく》めて肯定《こうてい》の意思を示すしかなかった。

シャロンは手際《てぎわ》良く遅《おそ》めの昼食の準備を進めていく。俺はそれを無心で眺《なが》めるばかりだった。あまりにテキパキと料理を進めるものだから、待ち時間はあっという間に過ぎる。

目の前に出された料理は肉や野菜を白い生地《きじ》で包んだタコスのような見た目だったが、とても馬車での長距離《ちょうきょり》移動の小休憩《きゅうけい》で作れるようなクオリティではなかった。究極のキャンプ飯のような印象を受け、口腔《こうこう》で唾液《だえき》が多量に分泌《ぶんぴつ》されていく。焦《あせ》らず、平静を装《よそお》いながら口に運ぶと、想像を遥《はる》かに上回る風味に自然と目が見開いた。

齧《かじ》ったことで露《あら》わになった中の具を見つめながら咀嚼《そしゃく》を楽しんでいると、視線を感じて顔を上げる。

「なんだ、じっと見て」

食べかすでも付いているのかと思い、さりげなく口元を拭《ぬぐ》う。

「いえ、申し訳ありません。殿下の表情がいつもと違って見えたものですから」

機微《きび》を敏感《びんかん》に読み取ったシャロンが、目を細めて告げてくる。美味《おい》しいものを美味しいと言えない分、顔に出てしまったのだろうか。俺は観察されていたことに気恥《きは》ずかしさを覚え、残りを一瞬《いっしゅん》で平らげた。

「もう行くぞ。まだしばらく馬車に揺られねばならないのだからな」

移動には一ヶ月以上を要する。というのも、国防上の観点からエクドール方面に伸《の》びる道に関しては、整備が一切《いっさい》行き届いていないからだ。交易上のメリットも小さいうえ、帝国軍が攻め寄《せ》せてくるとなって街道が整備されていたら、行軍を助けてしまうことにも繋《つな》がる。

そのため、これまでは人の行き交《か》いが乏しかった。あるのは細々とした個人間交流のみである。

乗り心地《ごこち》がすこぶる悪い馬車に対する不満を心中で並べながら外を眺めていると、再び馬車を大きな揺れが襲《おそ》う。

「何事だ！」

夕陽《ゆうひ》が地平線に沈《しず》む逢魔が時。薄暗《うすぐら》くなり始めた快晴の空は、徐々に地表の輝《かがや》きを散失させつつある。人間の油断を誘《さそ》いやすい時間であり、実際気の緩んでいる自覚もあった。

ずっと待ち構えていた。いや、あるいは尾行《びこう》されていたのかもしれない。

「敵襲《てきしゅう》のようだ。シャロン、貴様は馬車に待機していろ」

「……は、はい！」

「コンラッド！」

「はっ！」

「敵は何人だ」

「十人以上はおりましょう。王国の手の者かと思われます。お気をつけを」

コンラッドはヘンリックが唯一信頼《ゆいいつしんらい》する男で、大陸随一《ずいいち》の強戦士だ。

「王国？　なぜ王国が俺を狙《ねら》う」

「大公国に婿入りする殿下を疎《うと》んでのことでしょう。帝国が大公国の銀山資源を狙っているのは火を見るより明らか。王国がこの婿入りを看過できないのも当然ですな」

俺とコンラッドは攻撃《こうげき》を警戒《けいかい》しながら、奇襲《きしゅう》の意図を推し測《はか》る。同盟を阻止《そし》するため、婿入り自体を止めに入ろうというのも理解はできる。

「ふん、俺を殺したところで大した意味は無いだろうが。まあここで話していても詮無《せんな》きことだ。奴らを退けるほかない。コンラッド、全力で行くぞ」

「はっ！」

『ヘンリック・レトゥアール』に憑依して、すぐさま訪《おとず》れた命の危機。

本物の死地というものは空気がまるで違う。木々の不気味な騒めきに、肌を削《けず》るような冷たい敵意。正直震《ふる》えるほど怖《こわ》いし、今すぐこの場から逃げ出したい。それでも、逃げることなど許されなかった。逃げれば、天国の恩師——この身体に入り込んだ今となっては、俺にとっても恩師同様のホルガーに顔向けができないから。

俺は自分自身を奮い立たせる。そして腰を落として剣を構え、刺客《しかく》の攻撃に備えた。

「王国の刺客よ、帝国を追われ、辺境に送られようとしている哀《あわ》れな皇子に何の用だ」

沈黙《ちんもく》は変わらない。代わりに弓矢が俺を目掛《めが》けて放たれた。身体が再び、脳の指令を待たずして勝手に動く。持っていた剣が甲高《かんだか》い音を放ち、弓矢を弾《はじ》き飛ばしていた。

「随分《ずいぶん》なご挨拶《あいさつ》だな。なんの力もない皇子を討《う》たねばならないほど王国は落ちぶれたのか？」

「安い挑発《ちょうはつ》はそこまでにした方が良い」

沈黙を破って姿を現したのは、焦茶色《こげちゃいろ》の装束《しょうぞく》を身に纏《まと》った集団だった。およそ十二人といったところか。誰一人《だれひとり》として表情を窺《うかが》い知れない。直後、再び飛んできた矢を剣で二度弾く。矢が迫《せま》る気配を感じとって身体が勝手に反応しただけで、正直なところ全く反応できていなかった。しかしその様子を見て弓矢では太刀打《たちう》ちできないと踏《ふ》んだのか、刺客は近接戦闘《せんとう》に切り替《か》え、一斉《いっせい》に襲いかかってくる。

「貴様ならいけるな？」

「無論！」

コンラッドは自信に満ちた声を響かせながら、力強く地を蹴《け》る。とはいえ、二人で十人以上を相手するのだ。コンラッドがいくら精強だとしても、相手の力量も不明瞭《ふめいりょう》で、俺が自分自身の能力ですら正しく測れていない今、負担をかけてしまうのは避《さ》けられない。流石《さすが》に厳しいのではないか。そんな懸念《けねん》を他所《よそ》に、コンラッドはその頑強《がんきょう》な肉体と余りある筋力を以《もっ》て、敵をなぎ倒《たお》していく。

俺に近づこうとする者はすぐさま撥《は》ね返され、俺は刺客たちのリーダーであろう男と向き合っていた。顔はよく視認できないが、明らかに他の人間とは異なる存在感を放っている。

「一人であの人数の精鋭《せいえい》を同時に相手し、それでも互角《ごかく》に戦っている。そちらは化け物を飼っているようだ」

「誤算か？」

「いいや、ここで皇子を葬《ほうむ》り去れば全てがうまくいく。大人しく死んでもらおう」

「それは無理な願いだ」

時代劇の戦闘シーンが如く、複数人を一人で相手するのはリスクが大きい。というのも、命を捨てんばかりの勢いで突っ込んできた一人に身体を固定されてしまえば、他の者に背後から斬《き》られるのを防ぎようがない。だから自分と敵に圧倒的《あっとうてき》な体格の差がある場合以外は、複数人を同時に相手するのは極力避けたい。その点コンラッドは俺よりも一回り大きく、筋力も飛び抜けて優《すぐ》れているため、複数の敵を相手にしても軽くいなしていた。

至近戦かつ闇夜《やみよ》の邂逅《かいこう》においては弓矢のような飛び道具は好んで使われない。神速で戦いを繰《く》り広げる中、敵だけに狙いを定めるのは至難の業《わざ》だからだ。万が一味方に当たることがあれば、自らの首を絞《し》めることにもなる。そのため、弓矢を持っている者は参戦することはなく、実質的に戦いに参加しているのは八人ほどだった。

俺はリーダーの男に斬撃《ざんげき》を仕掛《しか》け、数合斬り結《むす》ぶ。やはり只者《ただもの》ではない。

「ふん、口だけではないようだ」

だがこちらの剣技も並大抵《なみたいてい》のものではない。いや、むしろ一対一の戦闘ならばまず負けないと自信を持って言えるほどに練度の高いものだ。

「レトゥアールの帝国剣術《ていこくけんじゅつ》……！」

男が忌《い》まわしげに吐き捨てる。そう。俺の自信の源泉は、レトゥアールの幻《まぼろし》の剣術だった。長い帝国の歴史で培《つちか》われた文化遺産同然のものである。帝国がクーデターで崩壊《ほうかい》してからは伝える者がいなくなったが、唯一俺《ゆいいつおれ》だけはそれを継承《けいしょう》した。

「それは生半可な技量では決して扱《あつか》えないはず……！　一体どれほどの研鑽《けんさん》を重ねたというのだ」

レトゥアールの帝国剣術にはその構えや間合いにも特徴《とくちょう》があるが、根幹にあるスタイルは、純粋《じゅんすい》に技術を追求し、自らを固く守りながら敵の隙《すき》を誘い出し、ひとたび隙を見せれば絶対に逃《のが》さない守り主体の剣術だ。それがコンラッドの助言により攻撃主体のスタイルに昇華《しょうか》された。積極的に剣戟《けんげき》を繰り出し、怯《ひる》んだり守りが甘くなったりした隙を誘って敵の懐《ふところ》に潜《もぐ》り込む。そんな唯一無二《ゆいいつむに》のものになっていた。

「これも誤算でないと言うのか？」

リーダーの男の驚嘆《きょうたん》に、俺は挑発的《ちょうはつてき》な微笑《びしょう》で応える。力量差というものを否応《いやおう》なく感じ取ったはずだ。

そんな中でも一つ懸念だったのが、俺の意識と身体の動きの乖離《かいり》である。意識と身体が馴染《なじ》んでいないからこそ、万全《ばんぜん》とは言い難《がた》い状態だった。それが影響してだろう。攻撃がことごとくすんでのところで避けられてしまう。心技体が律せていない状況《じょうきょう》で強力な敵を打倒《だとう》できるほど、甘くはなかった。

それでも、身体に染《し》みついた技術が幸いして、そのうちの一撃《いちげき》だけ剣先《けんさき》が男を捕捉《ほそく》する。右の胴《どう》を僅かに抉《えぐ》る感触《かんしょく》を得た。一瞬鈍《いっしゅんにぶ》った動きを見て、機を逃すまいと更に間合いを詰《つ》める。俺はトドメを刺《さ》そうと左脇腹《わきばら》に狙いを定めた。

刹那《せつな》、鮮血《せんけつ》が虹《にじ》の如く弧を描き、致命傷《ちめいしょう》を負わせたと確信する。

「ッ！」

焦慮《しょうりょ》が男の口から漏《も》れる。男は体勢を崩《くず》しながらも、追撃《ついげき》しようとする俺に対して素早《すばや》く短剣《たんけん》を懐から取り出し、俺の胴に突き刺そうとした。

俺はその動きにすぐさま反応し、後ろへ跳躍《ちょうやく》して難を逃れる。

「ふん、この程度とはな」

俺の口からそんな言葉が漏れる。ふと数十メートル離《はな》れた場所で戦うコンラッドを見ると、既《すで》に三人が地面に伏《ふ》せられ、かなり優勢に戦闘を進めているようだった。このままいけば勝てるに違いない。一瞬見入ってしまったが、コンラッドの方を見たままその場で突っ立っていれば、高台からこちらを見下ろす弓隊の格好の的になる。俺が弓隊の動きを注視していると、視界の隅《すみ》でリーダーの男が立ちあがろうとしているのが映る。

まだ戦えるというのか。そのタフな精神力に驚愕《きょうがく》を覚える。男は懐からもう一本短剣を取り出し、最後の力を振《ふ》り絞《しぼ》るようにあらぬ方向へそれを繰り出そうとしていた。

視界が定まらず、俺の姿を捕捉できないのだろうと楽観視しかけた刹那、男が目掛けた先にシャロンがいることに気づく。あいつ、いつの間に外へ出ていたんだ。

「何をしている！」

俺は足に力を込め、咄嗟《とっさ》に短剣とシャロンの対角線上に向かおうと、僅かに緊張《きんちょう》の抜けていた腿《もも》に鞭を打つ。間に合うかギリギリのタイミングだ。

俺は形振《なりふ》り構《かま》わずシャロンに迫る短剣を弾こうと試みるも、強引《ごういん》に振り払《はら》った剣は無情にも空を斬ってしまう。それでもなんとか、自分の身体をシャロンとの射線上に差し込むことはできた。代わりに俺の胸には短剣が深々と刺さっており、その箇所《かしょ》がひどく熱を帯びている。

「ぐ、はっ」

俺は血反吐《ちへど》を吐きながら、ロクに受け身も取れず叩《たた》きつけられる。喫驚《きっきょう》に駆られたシャロンは硬直《こうちょく》していた。

でもこのまま倒れるわけにはいかない。俺の窮状《きゅうじょう》を好機だと見た弓隊が追撃に出ていた。その攻勢《こうせい》を剣で辛《かろ》うじて凌《しの》ぎながら、シャロンの下まで駆ける。

その身体を小脇《こわき》で抱《だ》き抱《かか》え馬車に駆け込んだ俺は、血塗《ちまみ》れの身体で椅子《いす》に横たわる。馬車は矢を防ぐ盾《たて》になる。リーダー格の男もすでに満身創痍《まんしんそうい》だ。

一難が去った。そう実感した途端《とたん》、熱さが明確な痛みに変わる。そして自分の身が致命傷を得ていたことに初めて気づいた。

——ああ、新たな人生を喜ぶ暇《ひま》すらなく、俺はまた朽《く》ちるのか。

——誰が、どうしてこんな試練を俺に与《あた》えたのだろう。

——もう一度死んでしまうくらいならば、せめて無に帰してしまいたかった。

走馬灯が見える。前世の終わりも呆気《あっけ》ないものだった。洋画を見たり本を読んだり、ゲームをするのが趣味《しゅみ》で、たまに親に連れられて行く釣《つ》りがささやかな楽しみだった。大層なものを望んだことは一度として無い。ごくごく普通《ふつう》の男だったと思う。そのまま何事もなく寿命《じゅみょう》で死ぬのだと信じて疑ってはいなかった。

しかし十九歳《さい》で重い病気に罹患《りかん》し、大学を休学して闘病《とうびょう》に専念することになる。大変な難病だったそうで、俺は闘病虚《むな》しく弱冠《じゃっかん》二十二歳で世を去ることになる。若くして死ぬのは運が悪い、そう思うこともあった。でも死とは等しく訪れるものであり、早い遅いは世界が下した一種の匙加減《さじかげん》でしかないのだろう。

だからきっと、これは最初から決まっていた運命だ。ヘンリックに憑依したところで、若くして死ぬという俺の結末は決して覆《くつがえ》らない。これは世界が望み、定めた運命だった。

――この婿入りによって、もしかしたら帝国奪還《ていこくだっかん》の機会を得られるかもしれない。

そんな期待を抱くこと自体、無意味なことだったと悟る。

胸に宿した未来への期待は完全に萎《しぼ》み、生命力の低下へと如実《にょじつ》に影響しているのを感じた。

「殿下、しっかりしてください！　殿下！」

必死な声が耳に響く。腹部を容赦なく駆けずり回る激痛に思わず双眸《そうぼう》が開き、朧げな視界の隅でシャロンが俺に処置を施《ほどこ》しているのが映る。身体が淡い光に包まれていた。

「何を、している……？」

「そんなの……手当てに決まっています！」

「なぜ不用意に外に出た」

「殿下こそなぜ……！　なぜ私を庇ったのですか！　普段《ふだん》の殿下なら私など視線をやることすらなく、すぐさま切り捨てていたはずでしょう！」

そうか。俺は庇ったのか。何も産み出せずこれまで生きてきた自分でも、最後に人を助けられた。逡巡《しゅんじゅん》を経ることなく、咄嗟に身体が動いてくれた。そして何より、今は亡き恩師《し》の死に際《ぎわ》をなぞることができて、満足していた。

「ふっ……。俺はこれまで、貴様に過剰《かじょう》なほど強く当たってきたつもりだ。そんな俺が憎いだろう。違うか？」

「いえ、そんなことは……」

シャロンは目を泳がせる。先ほどまでほとんど表情を崩さず冷徹《れいてつ》なイメージを貫いていたというのに、この数瞬《すうしゅん》の間にずいぶんと多くの表情のレパートリーを目蓋《まぶた》の裏に焼き付けてくれたものだ。

明滅《めいめつ》してはっきりしない視界の中、俺は最後の気力を振り絞って告げる。

「まあどちらでもいい。確か貴様は母を亡くしていたな。現皇帝《こうてい》の愛人だった」

「どうしてそれを……」

言いたいことはわかる。自己研鑽《けんさん》以外の全てに対して、基本的に無関心な振舞《ふるま》いを貫いてきた俺だ。ましてやシャロンに気の利《き》いた言葉をかけたことなど一度としてない。周囲の人間に関する情報にやたら詳《くわ》しいのは、ひとえに疑《うたぐ》り深《ぶか》い性格だからだ。疑り深いからこそ、周囲の人間がどんな人間か、常に把握《はあく》していた。

「貴様からしたら不思議だろうな。だが貴様に俺と共に死ね、などと言うつもりもない。

「だからこれを持っていけ」

　俺は血塗れの手で懐から金貨を取り出し、シャロンに手渡《てわた》す。

　現皇帝の人情の欠片《かけら》もない行動の数々に人生を狂《くる》わされたシャロンの母親。その運命に対して、俺は他人事《ひとごと》と割り切ることはできなかった。その娘《むすめ》に対する補償《ほしょう》が、満身創痍の自分にもできうる最後の贖罪《しょくざい》だった。

「こんなの受け取れません！」

　シャロンは袋《ふくろ》の中身を見て仰天《ぎょうてん》する。帝国を去る際、餞別《せんべつ》という名目で現皇帝ゲレオン・サミガレッドから渡《わた》された金貨だった。決して配慮《はいりょ》からではなく、帝国としての体面を保つために過ぎない。ただ、一庶民《しょみん》が持つ金としてはあまりに大きな金額であった。それこそ、シャロン一人ならば死ぬまで安泰《あんたい》に暮らしていけるほどの額である。

「貴様の母はエクドールの出自だろう」

「は……はい。私の母は確かにエクドールの出身です」

　現皇帝はエクドール出自の女性を何人も侍《はべ》らせていた。シャロンの母親はその中でもとりわけ美人で、現皇帝の拘束《こうそく》はきつかったと聞く。その母親に似て途轍《とてつ》もなく容姿が整っているシャロンが怯《おび》えるのも当然だった。

「現皇帝は貴様も愛人として迎《むか》えようとしていた。貴様の母親がそうだったからな。母を亡くした貴様を憐《あわ》れんで、などと体《てい》の良い言葉で貴様を囲《かこ》い込むつもりだったようだが、お前にとっては全く迷惑《めいわく》な話だ。お前が俺についてきたのは奴の束縛《そくばく》を回避《かいひ》するためなのだろう？」

俺の推測を受けて、シャロンの目が見開かれる。薄《うす》れていく意識とは反対に、この口は饒舌《じょうぜつ》だった。

「……確かにその一心でした。母は皇帝の頻繁《ひんぱん》な無理《むり》強《じ》いによる心労で精神を病《や》みました。それでも変わらず強要を続けられ、過労で命を落とし……。私もそうなるのではないかと怖かったのです」

「貧しい国とはいえそれくらいの金が有れば親戚《しんせき》も受け入れてくれる筈《はず》だ。元々そのつもりだったのだろう？」

俺はフッと力なく微笑《ほほえ》み、最後にするべきことはしたと安堵《あんど》に身を委ねて意識を手放した。

「殿下を見捨てて逃げるなんて、私にはできません！　殿下、お気を強く持ってください！」

必死な声が耳を劈《つんざ》くも、徐々に遠ざかっていく。死ぬのだろうな、という確信があった。

◆

「殿下、ヘンリック殿下！」

シャロンは明らかに取り乱した様子で、ヘンリックに呼びかける。もはや反応はなく、ただそれでも浅く息をしていることに束《つか》の間《ま》の安堵を覚えた。しかしそれもおそらくあと数分、数十秒しか保たない。シャロンは懸命《けんめい》な治療《ちりょう》を続ける。

シャロンとしても、ヘンリックのことを「クズ」と形容するのに一切の異存はない。母の言いつけによりヘンリックの使用人になった日から、シャロンは精神的な苦痛を味わってきた。日常業務における細かなミスであっても、ことあるごとに指摘《してき》を受ける。そんなのはまだ優《やさ》しく、ヘンリックが胸に抱いた要望に対して、察しが足らず怒鳴《どな》られるのも珍《めずら》しいことではなかった。

母を亡くして落胆《らくたん》の底にあった自分に降り注いだ情け容赦のない叱責《しっせき》は、シャロンの心根を深く傷つける。ただ、それがシャロンを大きく成長させることにも繋がった。全ての業務をそつなく完璧にこなせるようになったし、滅多《めった》なことで動じなくもなった。

だからと言って、シャロンが今の今までヘンリックに紛《まぎ》れもない嫌悪《けんお》感を抱いていたという事実は揺るがない。

それでもシャロンがヘンリックの婿入りに同行したのは、ヘンリックに言い当てられた通り、ゲレオンの束縛から逃れるためだった。これまではヘンリックの使用人として働いてきたこともあり、現皇帝と直接の面識はない。それでもこのまま帝国にいれば、いずれ母と同じ境遇《きょうぐう》を甘んじて受け入れるしかなくなる、そう確信していた。なぜならシャロンが自身の容姿について、周囲より格段に優れていると痛いほど自覚しているからだ。

それにヘンリックに同行すれば、しばらくは暮らしていけるだろうという楽観的な考えもあった。ゆくゆくは母の親戚に身を寄せようと考えていたのも事実だ。

そんなシャロンがヘンリックに対して必死になって治療を施している。死なせたくないと思っている。自分自信でも理解ができない行動であり、心情の変化だった。

しかし、もっと理解できないのはヘンリックの行動であった。

周囲を見下し、蔑《さげす》んできたはずのヘンリックが、シャロンを庇い瀕死《ひんし》の大怪我《おおけが》を負ったのだ。その行動に一切のためらいも窺えなかった。

そればかりか、金を手渡して逃げろとすら言われた。誰かと入れ替わったのではないかと錯覚《さっかく》するような変わりようだった。

（それに、母がエクドール出身なんて誰にも教えたことがなかったのに）

シャロンが自分の個人的な事情を共有したことなど一度もなかったし、ヘンリックも興味すら持っていない素振《そぶ》りだった。にも拘《かか》わらず自分の事情どころか母のことまでも熟知していることに、シャロンも驚《おどろ》きを隠《かく》せなかった。

「爺……。俺は約束を……果たせそうに……ない。帝国の民を救うことが……できなかった……。すまない……。本当に……すまない」

うわ言を溢《こぼ》しながら、ヘンリックの瞳から一条《ひとすじ》の滴《しずく》が溢れ落ちる。シャロンは耳を疑った。爺という人物に心当たりはなかったが、それよりもヘンリックの口から「民を救う」などという言葉が飛び出すとは夢にも思っていなかった。

ヘンリックは常に些細《ささい》なことでも他人を叱責するし、他人を気遣う素振りなど一度も見せたことはない。皇宮で腫《は》れ物扱《ものあつか》いされているのも、疑いなく納得《なっとく》していた。

そんなヘンリックの口から、人を思いやるような言葉が出てくるとは夢にも思わなかった。うわ言で本心でない言葉を述べることなんて、狙ってできるはずもない。

（まさか、殿下は私の行く末を案じて……？）

昨日までの自分なら全力で首を横に振るような結論に至る。

長い孤独《こどく》の最中にいる自分を、独り立ちできるように見ていてくれたのではないか。思えば、普通の人間では絶対に気づかないようなものを指摘してきたことも一度や二度ではなかった。

ヘンリックは日々の研鑽を欠かさず、ひたすらに自分を追い込んでいる。シャロンもそれは帝国を背負う人間として当然の責務なのだろうと納得していた。

だがそれは違う。帝国の民を救うために、常に甘さを徹底《てってい》して切り捨てていたのだ。

（もし殿下が人々を帝国の圧政から救うべく、孤独に戦い続けていたのだとしたら……？）

「……ッ」

シャロンは感極《かんきわ》まって華奢《きゃしゃ》な身体を震わせる。

（私も母を亡くして孤独だと思っていたけど、殿下はもっと長い孤独の中にいるのね）

しかも立場を考えれば、いつ命を刈り取られるかわからない。シャロンよりも遥かに厳しい世界で戦っているのだ。

シャロンは思わず頬《ほお》に触《ふ》れそうになったが、不敬だろうとかぶりを振り、指先を引っ込めた。

今考えるとヘンリックは、自分が一人で生きていくのに困らないよう、率先《そっせん》して厳しく接していたのではないか。母を亡くした悲しみを乗り越《こ》えられるよう、叱咤《しった》に叱咤を重ね、発破をかけてくれていたのではないか。シャロンはそんな確信めいたものを感じていた。

（私が支えてあげないと）

ヘンリックは「民と帝国《ていこく》を安んじる」としながらも、その胸中とは裏腹に人は離れていった。

だからこそ、自分が理解者としてそばにいなければならない。ヘンリックだって同じ人間だ。挫《くじ》けそうな時も必ずあるはずで、自分に対しても異常なほど厳しいヘンリックが、そんな時に何を拠《よ》り所《どころ》とすれば良いのだろうか。言い訳はできる。弱音を吐く事だってできる。しかしヘンリックがそんな姿を見せるとは思えない。

自分が捌《は》け口《ぐち》にされても傷付かず立てるくらい強くならなければ、ヘンリックの隣《となり》に立つことなど許されないのだ。

懸命な治療を続けていたシャロンだったが、内臓をズタズタに傷つけられていたヘンリックは無情にも息絶える。それでも、シャロンの顔に焦りは無かった。

「殿下《でんか》、殿下！」

残りの敵を片付けたコンラッドが駆けつけてくる。ヘンリックの死に直面し、歪《ゆが》んだ表情は色濃い絶望を孕《はら》んでいた。

「くっ……。殿下が命を賭《と》して頭領を倒したおかげでなんとかやりきれたのに、殿下が死んでは元も子もない……！」

「……コンラッド様、少し下がっていてください」

シャロンは瞳孔《どうこう》を大きく開いたまま、ヘンリックの身体に優しく触れる。その身体はまだ、確かな温もりを残していた。

「な、何をする気だ？」

「今から殿下を復活させます」

「君が魔《ま》法《ほう》を使える人間であることはわかった。でも復活など、そんなことができるのか？」

「……簡単ではありません。でも、絶対に成《な》し遂《と》げます」

シャロンは大きく深呼吸をする。

「我《わ》が魂《たましい》の全てを以て、亡骸《なきがら》に息吹《いぶき》をもたらさん。自我《じが》を捧《ささ》げ、世の理《ことわり》を超越《ちょうえつ》す！」

シャロンは母から教わった詠唱《えいしょう》を、一言一句違《たが》わず行う。詠唱は非常に繊細《せんさい》であり、声の抑揚《よくよう》やスピードによって成功率が左右され、強い意思があればあるほど、その質は高まる。

（殿下、絶対に生き返らせます。こんなところで死なせるわけにはいきません！）

そして何より、大魔法の場合は集中力が大切になる。少しでも散漫《さんまん》になれば、成功率は低くなってしまう。だからシャロンは未《いま》だかつてないほどに集中し、ヘンリックの全身に語りかけた。

『いい、シャロン？』

『なに？　お母さん』

『これまで話したことは無かったけれど、貴女《あなた》は魔法を使えるの』

『まほう？』

『分からないわよね。絶対に守らないといけないことがあるわ。まず人前で気軽に使ってはいけないということ』

『どうして？』

『シャロンが魔法を使えると知られたら、悪い人に捕《つか》まって嫌《いや》なことをたくさんさせられるかもしれないからよ』

『嫌なこと……それはちょっと怖いかも』

『そうでしょう？　魔法には小魔法と大魔法の二種類があって、大魔法は特に危険なの。大切な人にしか使っちゃダメよ』

『……危険？』

『母親としては知らない方が良いと思うわ。貴女のことが誰《だれ》よりも大切だから。でもシャロンの人生は、シャロン自身のものよ。私の勝手な想《おも》いで、貴女の大切な人を奪《うば》うような真似《まね》をしたくない。今はまだ分からないと思うわ。でも貴女は知っておかなくちゃならない。使うべき時が、貴女の人生で訪れるかもしれない。それは貴女にしかできないことだから』

『わたしにしかできないこと？』

『貴女は人を一度だけ生き返らせることができるわ。でも、それはとっても危険なものなの。人を生き返らせるというのは世の理に反するもの。シャロンは大きな代償《だいしょう》を払うことになるわ』

『代償ってなに？』

『それはね――』

脳裏を駆《か》け巡《めぐ》ったのは、幼い頃《ころ》の記憶《きおく》。シャロンが初めて魔法の存在を認識《にんしき》して、自分が魔法を使えることを知った日。そして、魔法が危険なものだと理解した日。

（お母さんがこれまでの殿下を見ていたら、私が間違《まちが》っていると叱《しか》るかもしれない。でも、この人は私が信頼《しんらい》したいと思った人だから。自分を顧《かえり》みず、私の命を助けてくれた。私の未来を、案じてくれた。きっと私は、間違っていない）

確証めいたものが、シャロンの中にあった。自分はきっと、間違っていないと。

復活魔法が使えるのは、死後数分のわずかな間。母親を亡《な》くした時には発見が遅く、もう魔法では修復できないほどに朽ちゆく最中だった。そうした経緯《けいい》から、シャロンの中には大切な人を救えなかった負い目が燻《くすぶ》っている。だから今、目の前の救える「恩人の命」

を救わないという選択肢《せんたくし》はハナから存在していなかった。

シャロンが自身の行動の正当性を言い訳がましくも抱えていたのは、この決断を案じているかもしれない天国の母に、自分の判断が間違っていないと証明するための理由づけだった。

「お願い、成功して！」

シャロンとて、復活魔法は初めての行使だった。成功する確証はどこにもない。それでも、シャロンには成功させる自信と、強い想いがあった。強い想いは魔法の源泉になりうる要素だ。だからシャロンはひたすら祈《いの》り続けた。

内政改革

「いっ……」

身体の芯《しん》に響《ひび》くような疼痛《とうつう》に、思わず呻《うめ》き声が漏れる。天井《てんじょう》を見てここが自分の部屋でも、馬車でもないと瞬時《しゅんじ》に認識する。

（ああ、そうだ。俺《おれ》は昨日刺客に襲われて……。死ななかったのか？）

疑問に思い、思わず頬を抓《つね》る。そのまま襟元《えりもと》を覗《のぞ》き込《こ》んで胸の傷を確かめるが、目立った外傷は無い。あの重傷をどんなマジックで治したというのだろうか。

「殿下、お目覚めですか」

突然《とつぜん》左耳に声が響く。誰もいないと思い込んでいたから、正直かなり驚いた。ヘンリックの身体でなければ、喫驚して後ずさっていたかもしれない。この身体は常に冷静というか、物事をどこか達観して見ているようなきらいがある。

「ああ、ここは？」

「エルドリア城になります」

身体の至る所を矢に貫《つらぬ》かれた生々しく熱い感覚は、未だ脳裏《のうり》に焼き付いている。あの失血だと生きてここに辿《たど》り着くのは困難を極《きわ》めるはずだ。

「余程優秀《よほどゆうしゅう》な医者でもいたか？　いや、あの傷を普通の医者がここまで綺麗《きれい》に治せるはずがない。この傷を塞《ふさ》いだのは貴様だな？」

「はい」

真《ま》っ直《す》ぐな双眸でこちらを見据《みす》える。その目に嘘偽《うそいつわ》りは一切含《いっさいふく》まれていない。俺は心の中で大きく肩《かた》を落とす。年下の少女に命を救われてしまった。

「記憶が朧《おぼろ》げだが、あの時貴様が俺に施したのはやはり魔法だったのか。こんな身近にいたとはな」

「もし明かしでもすれば、あらゆる人間にこの力を狙われることになりますから。高待遇《たいぐう》で迎えられることなんてまずありませんし、権力者に使い潰《つぶ》されて終わるはずです」

この世界において、魔法使《まほうつか》いというのは希少な存在だ。各国に数人しかいないとされている。

帝国で何度か見る機会はあったが、全員が目のハイライトを失っていて、不気味に思った記憶がある。その原因はシャロンの言葉から分かる通り、魔法使いは冷遇《れいぐう》されるからだ。

魔法が使えるとなれば、シャロンはラプト族の末裔《まつえい》ということになる。ラプト族はエクドール北部の広大な森を越《こ》えた先の港町に住んでいる少数民族。魔法とはその末裔にしか使えないものであった。しかも女性にしか発現しない。それに女性だからと血統者全員に発現するものではなく、中でもごく一部にしか使えない。シャロンにはその力が幸か不幸か芽生えたわけだ。

「多くの貴族は代償も正しく理解していない。酷使《こくし》され、最後に精神を病んで悲惨《ひさん》な末路を迎えるのは目に見えている」

　そこまで言ったところで、不自然な間を感じて視線をシャロンの方に向けると、目を丸くしてこちらを見ていた。

「どうした」

「……いえ、代償があると知っている方にお会いしたことがありませんでしたので。そうですよね、ヘンリック様ならばご存《ぞん》じでも当然のことでしたね」

「なんだ、その気色悪い信頼は」

　以前のシャロンからは絶対に聞けなかった言葉を、俺は不審《ふしん》に思う。

「お気になさらず」

「それよりも呑気《のんき》なものだな。俺は貴様が魔法使いであることを知った。俺の命令で貴様を意のままに操《あやつ》ることもできる。あの場面では俺を見殺しにするのが最適解だった。どんな心変わりをしたのか知らんが、悪手だったな」

「後悔《こうかい》はしていません。殿下は私を庇《かば》って深手を負われたのですから、人として当然の行動だと思います」

いくら嫌《きら》いな人間が相手でも、自分を庇って死にかけているとあっては、見捨てるのにも良心が傷《いた》んだのだろう。

「だが俺はあのとき逃《に》げろと命じたはずだ。命令に反した責は理解しているだろうな？」

本来ならば頭を下げてありがとうと言うべき立場であるにも拘わらず、この口はシャロンを責め立てた。まあ俺が殊勝《しゅしょう》に頭を下げるのも気味が悪いだろうが。

「お言葉ですが、私たちは殿下に付き従い、ここまでやって参りました。雇《やと》い主《ぬし》が死んだら私たちは路頭に迷います」

「しばらく暮らしていけるだけの金貨を渡したはずだが、もういい。埒《らち》が明かない」

シャロンが「素直《すなお》じゃないんですから」と呟《つぶや》いたのが耳に届く。なんだ、その妙《みょう》な態度は。まったく、調子が狂う。

かといって追及《ついきゅう》するほどのことでもないな、と俺は無視に努めた。

「貴様は魔法を使って少なくない代償を負ったはずだ。具体的にどんなものだ？」

「少しの間昏睡《こんすい》状態になります」

「それだけか？」

「……はい、それだけです」

「他にあるのなら言え。隠されるのも寝覚《ねざ》めが悪い」

「大したことではありません。お気になさらず」

秘匿《ひとく》するほどの代償があるというのだろうか。俺は少し、いや、かなり気になったが、本人が黙《だま》り込んだまま明かす気を一切《いっさい》見せないので、それ以上の追及は諦《あきら》めた。

「俺はどれくらい寝《ね》ていた？」

「十五日ほどです。私よりも少し長かったですね」

「……大公はどこにいる」

いきなり意識のない状態で二人が運ばれてきたとなれば、大公はさぞ驚いたことだろう。弁明、というわけではないが、色々と話したいこともあった。

「大公閣下でしたら、執務室《しつむしつ》にいらっしゃるかと」

「ならすぐに連れて行け。色々聞きたいこともある」

「分かりました」

一番は、そもそも俺がどうしてこの国に来ることになったのか。それを知りたかった。

◆

白を基調とした内装に金細工があしらわれた応接の間に通され、ものの数分で現大公とその娘が姿を現した。

「ヘンリック皇子、お初にお目にかかります。エクドール＝ソルテリィシア大公国現大公、アレオン・ルゴーア・ラ・エクドール・ソルテリィシアと申します」

自分の娘とほとんど変わらない年齢《ねんれい》である俺を前にしても、低姿勢を崩さないアレオンの様子が、今の大公国の難しい立場を物語っている。しかしその一方で、大公としての威《い》厳《げん》が確かに伝わってくるのも確かだった。

「ヘンリック・レトゥアールだ」

大公を前にしても、不遜《ふそん》な態度は崩れなかった。ただ、アレオンがそれに気分を害した様子もなく、内心でホッとする。

「刺客《しかく》に襲《おそ》われたと聞いて背筋が凍《こお》る思いでしたぞ。しかし無事で何より。こうしてお会いでき嬉《うれ》しく思いますぞ」

本心で喜んでいるとも、安堵しているとも到底《とうてい》思えなかった。歓迎《かんげい》しているようにはとても感じられない。それも当然だろう。帝国の皇子が婿《むこい》入りするなど、大公国にとって喜ばしい話ではない。

「こちらが娘のアルシアナにございます。ほらアル、殿下にご挨拶《あいさつ》を」

アルシアナというアレオンの一人娘《ひとりむすめ》は、見た目の麗《うるわ》しさもさることながら、嬋媛《せんえん》な青髪《あおがみ》を持ち、切れ長の目が気の強そうな雰囲気《ふんいき》を醸《かも》している。こちらに視線を向ける様子から察するに、実際そうなのだろう。睨《にら》まれているとまではいかずとも、ヘンリック・レトゥアールという異分子との婚約《こんやく》に、不満を露《あら》わにするのも当然だ。帝国が意図的に流布《るふ》しているのだろうが、ヘンリック・レトゥアールという人物の評判は芳《かんば》しくない。そんな人間と結婚《けっこん》したいなどとは誰も思わないだろう。俺は同情を覚えるばかりだった。

「アルシアナ・ラプトリカ・ラ・エクドール・ソルテリィシアと申します。これからよろしくお願いします」

感情のこもっていない形式上の挨拶にも、全く驚きはない。俺もアルシアナに歓迎する雰囲気を期待するつもりはハナからなかったし、ビジネスライクな関係で構わないと思っている。俺はこの国をいずれ反帝国《はんていこく》の旗頭《はたがしら》に据《す》えようとしているのだから。そんな思惑《おもわく》を胸中に据えながらアルシアナを心の底から妻と思えるわけがない。

「ああ」

意趣返《いしゅがえ》しというつもりではなく、最初から興味が無さそうに振る舞《ま》った方が後でがっかりすることもないだろうと、わざと目を合わせず素っ気なく返答する。アルシアナの眉《まゆ》が僅《わず》かに動くが、俺は一切気に留《と》めない。

「ヘンリック皇子、これからの話ですが……」

「それも重要だが、俺は一切事情も聞かされないまま、半ば追い出されるようにこの国へやってきた。王国の属国であるこの国に、帝国の皇子である俺がなぜ婿入りすることになったのか、それから説明しろ」

かつてゲレオン・サミガレッドにクーデターを起こされ、国の主権が入れ替《か》わったことは誰もが知る事実であり、先帝《せんてい》の息子《むすこ》である俺、すなわちヘンリックが冷遇されているのは納得のいくことだろう。

「承知しました。まず、ソルテリィシア家は元々、王国の貴族に過ぎませんでした。初代当主の功績により、一国の主《あるじ》に昇進《しょうしん》した経緯があります」

ソルテリィシア大公家は元々ヴァラン王国の一貴族に過ぎなかったが、初代当主のアレクシスが敗北必至の戦争で大殊勲を挙げ、ここエクドールに移封《いほう》されて大公となり、多大な裁量権を認められることとなる。

王国内でも地理的に孤立《こりつ》し、気候も厳しい土地であるエクドールへの移封は、銀山が未発見の当時はうま味の薄い地域だった。しかし一侯爵家《こうしゃくけ》に過ぎず、領地もさほど広くなかったソルテリィシア家が、王国内でも王家に次ぐ地位を得るまでに飛躍《ひやく》できるのだから、当時の侯爵家の人間にとってはさぞ良い処遇に思えたことだろう。移封された先の土地の名前を冠《かん》し、建国と相成った。

「ただそれ以来、当家は王国での立場に懸念《けねん》を抱くとともに、深刻な財政難に悩《なや》んでおりました」

「財政難、その原因は先代だと聞いた。随分《ずいぶん》と無能だったそうだな」

アレオンはその言葉を否定しなかった。実の息子から見ても、先代は暗愚《あんぐ》に映ったらしい。

初代大公が王国一の猛将《もうしよう》だった一方、内政はからっきしで政務を他の者に委任するばかりだった。それを見て育ったこともあってか、先代は奢侈《しやし》に次ぐ奢侈を重ねて財政まで悪化させていく。

「そんなある日、領内で偶然《ぐうぜん》銀山が見つかった。それによって大公国は一気に息を吹《ふ》き返しますが……」

「それを帝国や王国が見逃《みのが》すはずもないな」

「その通りにございます。我々は王国に銀山の採掘権《さいくつけん》の半分を譲渡《じようと》するよう強引に迫《せま》られ、多くの貴族が手切れを声高《こわだか》に叫《さけ》ぶようになりました」

「その最中、帝国が介入《かいにゅう》してきた。そういうことだな？」

「はい。帝国は内政に口出しはせず、王国領土を攻め獲《せと》った暁《あかつき》には一部権益を譲渡くださるとか。そんな条件の同盟を二割の銀山資源譲渡のみで締結《ていけつ》してくださるとの提案に、我らは快諾《かいだく》した次第《しだい》です」

ゲレオンは時勢を見極《みきわ》め、手を差し伸《の》べたわけだ。元々エクドールはレギール山脈という巨大《きょだい》な山脈を隔《へだ》てており独立色が強く、王国の締《し》め付けには不満を持っていた。

その王国の支配からの脱却《だつきゃく》は十分彼《かれ》らにとって魅力的《みりょくてき》に映ったし、また王国の要求よりも低い資源譲渡を要求することで、大公国を納得させた上で干渉《かんしょう》せずとも金のなる木を獲《かく》得《とく》したわけだ。近年の帝国の成長を考えれば、王国を平らげる可能性だって十分考えられるし、ここで鞍替《くらが》えというのも理解できる話ではある。

そもそも銀の譲渡という部分がおかしいのだが、それがあまりにも日常的に浸透《しんとう》しすぎたせいで、疑問を持つことすらしなかった。そんな大公国側の脇《わき》の甘《あま》さを突《つ》いたのは流石《さすが》の狡猾《こうかつ》さというべきか、クーデターを成功させた梟雄《きょうゆう》ゲレオン・サミガレッドの手腕《しゅわん》に狂いはない。

「俺は帝国に与《くみ》した決断が賢《かしこ》いとは思わない。貴様は帝国の援軍《えんぐん》を期待しているのだろうが、帝国は絶対に兵を送らない」

「……なぜ断言できるのですかな？」

あまりにはっきりとした物言いに、アレオンは表情を強張《こわば》らせる。

「第一にメリットが少ないからだ。帝国が動けば王国も本腰《ほんごし》を入れる。長期戦になった時、この国で戦い続けるのには小さくないリスクがある」

「リスク？」

「レトゥアール帝国の帝都《ていと》からこの国は距離《きょり》が離《はな》れすぎている。そうなれば長期間の遠征《えんせい》が不可避《ふかひ》だ。冬が長いこの国での戦闘《せんとう》は、想像以上に過酷《かこく》を極めるだろうな。大規模な軍となれば、冬の間野営の必要も出てくる。戦闘が長期化すれば、兵に対する負担は重くなり、士気も下がる。敗走した時、帝都まで逃げられる将がどれだけいるか。他にも色々理由は挙げられるが、根本的にリスクに見合わない、ということだ」

「……補給にも懸念がありますな」

「それに元王国傘下《さんか》の貴族、というだけで、懐疑的《かいぎてき》な目で見る者もいる。裏切りというのも当然頭にあるだろうな」

「裏切るなど、そんなことは……」

滅相《めっそう》もない、というように最初は強かった語気も、アレオンは自身が十分に諸侯《しょこう》をまとめ上げられていない自覚があるのか、歯切れ悪く語尾《ごび》が虚空《こくう》に消えていった。

「無い、とは言い切れないはずだ。実際、大公国にも親王国派はいる。その者たちが叛旗《はんき》を翻《ひるがえ》さない保証はない。それに俺は、サミガレッド家にとっては邪魔者《じゃまもの》だ。見捨てた方が国内のレトゥアール派閥《はばつ》の駆逐《くちく》は進む。現皇帝にとってはそちらの方がむしろメリットは大きいと踏《ふ》むだろうな」

「それではこちらが得られる恩恵《おんけい》があまりに……」

「抑止力《よくしりょく》にはなる。帝国が背後にいれば、王国も安易に手を出せなくなるだろうさ。それが現時点ではこの同盟の最大のメリットだ」

王国が動くにせよ、帝国が背後にいることを踏まえると、それ相応の準備が必要になる。となればしばらくは様子を窺《うかが》うことだろう。

「現時点では？」

「ああ。現時点では大公国が得られる利益は乏《とぼ》しい。攻め獲った王国領土における権益も、どの程度認められるか定かではない。期待するだけ無駄《むだ》だろう。ただもう交《か》わしてしまった契約《けいやく》を破棄《はき》すれば、今度は双方《そうほう》を敵に回すことになる。それだけは避《さ》けたいはずだろう。だから俺が、この盟約を大公家にとって益あるものにしてやる」

「ヘンリック皇子が、ですか？」

一切隠《いっさいかく》す気のない懐疑的な視線だ。風評を考えれば当然の反応と言えるだろう。何にしても国力の増強は不可欠。そのための努力を惜《お》しむつもりはなかった。

「俺を信頼して欲《ほ》しい、などと都合のいい懇願《こんがん》をするつもりもない。俺が今持っている人材と資金だけで目に見える成果を挙げて見せよう」

ゲレオンにとって、大公国が存続しようが滅《ほろ》びようかどうでも良いのだ。『王国が大公家に見限られた』という事実だけでも、王国を突き崩《くず》す材料の一つにはなる。

だから多少の軍事支援《しえん》はあっても、援軍が来ることはまず無い。

「具体的にどのような成果を挙げると申されるので？」

「喫緊《きっきん》の課題は銀に頼《たよ》りきりになっている財政だ。銀山資源以外による産業の創出、まずはそれを目指す」

「……それには資金が必要なのではないですか？」

「無論必要になる。だが何の力も借りずに成し遂げることが何より重要だ。違《ちが》うか？」

「……元より殿下には自由に過ごしていただくつもりでした。たとえ何の成果も挙げられずとも、ここで殿下が仰《おっしゃ》られたことは聞かなかったことに致《いた》しましょう」

それは最大限オブラートに包んだ言葉だった。最初から俺を大公国の内政に関わらせるつもりはなかったのだろう。関われば内政干渉《ないせいかんしょう》にもなり、最初帝国が提示した条件から逸《いっ》脱《だつ》することにもなる。そうなれば大公の信望にも影響《えいきょう》したことだろう。だからこそ、なんの手助けも得ずにアレオン含《ふく》め大公国の貴族を認めさせる必要がある。

アレオンの選択《せんたく》は合理的だ。信用に値しない、関わらせては不利益になる可能性のある人間を遠ざけるのは当然の判断と言える。それで心象を害されたつもりはない。

「余計な気遣《きづか》いだ。俺は絶対に成果を挙げるし、そもそも俺の評価が今以上に落ちることはないだろうが」

自嘲《じちよう》を言葉にまとわせながらも、好戦的な空気が身体の奥底《おくそこ》から漏《も》れ出ているのを感じ、内心でため息をつくばかりだった。

◆

作業場所として提供された執務室は、余計な物が極力取り除かれ、落ち着いた環境《かんきよう》になっている。はっきり言えば質素。エルドリア城はこのように、全てが必ずしも絢爛《けんらん》なわけではなく、最低限の場所のみが豪奢《ごうしや》に飾《かざ》られている。

「あのように言い放ってしまって本当に大丈夫《だいじようぶ》なんですか？」

アレオンとの顔合わせでヘンリックの背後に控《ひか》えていたシャロンが憂心を帯びた声で問いかけてくる。

「ふん、俺が出来ないとでも思っているのか？」

「まさか。私は殿下を信じます」

曇《くも》りのない目でそう告げてくるので、ヘンリックは一瞬《いっしゅん》声が詰《つ》まった。

「薄っぺらい信頼を口にするのは勝手だがな。貴様は資金に不安があるとでも思っているのだろう？」

「では資金のアテがあると？」

「当たり前だ。第一に俺は帝国の正当なる後継者《こうけいしゃ》だ。国庫から金貨を持ち出したところで何の不都合もない。あれはもともとレトゥアール帝室《ていしつ》のものだからな」

「こっそり持ち出して来たと？」

「そういうことだ。無論、バレるようなヘマはしない。幼少の頃から少しずつ持ち出し、部屋の隠し扉《とびら》の更《さら》に奥《おく》の小部屋に貯《た》め込んでいた」

ヘンリックはいつかくる帝国奪還《ていこくだっかん》の好機に備え、資金収集に奔走《ほんそう》していた。その好機が今なのだ。

「それだけではない。帝国内部にも規模は小さいが俺の派閥がある。資金提供に人材提供、それらの言質《げんち》は取り付けている」

「……さすが殿下。既《すで》にそこまで手を回されていたとは」

それくらいのアテが無ければ、あんな豪語《ごうご》ができるはずもない。ただ俺がこれから行う策は現代日本で培《つちか》った知識に頼る部分が少なからずある。画期的で効果的な施策《しさく》を講じようとしても、その源泉となる知識や知恵《ちえ》が欠けていれば、資金があっても頓挫《とんざ》する可能性だって十二分にある。そうなれば、恥《はじ》を忍《しの》んでアレオンに縋《すが》るしかなかった。

「とはいえ資金があったところで有効な策がなければ意味がない」

「その策を殿下が用意していないはずもありませんね？」

「当たり前だろう」

「ふふ、失礼致しました」

シャロンが余裕《よゆう》に満ちた表情で一礼した。その態度にもどかしさが湧《わ》き上がり、反感を表すように眉根《まゆね》を寄せながら告げる。

「貴様は自分の立場を正しく理解しているはずだな？　俺はお前を如何様《いかよう》にもできる。それを忘れるな。貴様には馬車馬の如く働いてもらうぞ」

「承知しました」

命を救ってもらった大恩を棚《たな》に上げるのみならず、あまつさえシャロンが希少な魔法使いであるという事実を弱みとして握《にぎ》っている。そしてそのことをわざわざ突きつけるという、誰が聞いてもドン引きする発言をしてしまう。

そんな自分に、巨大な溜息《ためいき》が喉元《のどもと》まで出かけた。にも拘《かか》わらず、シャロンの表情から微《かす》かな喜色が滲《にじ》み出ている気がしたのはきっと気のせいだろう。

「第一に備《び》蓄《ちく》と救荒《きゆうこう》作物の生産準備を進める」

「食糧《しよくりよう》の確保、ということですか？」

拍子抜《ひようしぬ》けという程《ほど》ではないが、きょとんとして聞き返された。乾坤一擲《けんこんいつてき》の策を期待していたのだろうか。

「食糧は人々の根幹をなす要素だ。エルドリア城下の下層街では、日々の糧《かて》すらも得られない貧弱《ひんじやく》な人間も多いと聞く」

「……はい。冬季の餓死者《がししや》に頭を悩まされているとお聞きしたことがあります」

「その原因は銀山に頼りきりで他の産業が育ちにくいことだ」

育ちにくい、というよりは衰退《すいたい》したという方が正しいだろうか。

「銀山の代わりの働き口が少ない、ということですね」

公都エルドリアにおいては、銀山労働以外の仕事が決して多くはない。他の産業に従事するほとんどは中層街の住人であり、貧困《ひんこん》に喘《あえ》ぐ下層街の住人の多くが銀山で働く以外の選択肢を失ってしまうのだ。明確に身分が区分されているわけではないが、街区ごとに生活水準の優劣《ゆうれつ》がはっきりとしている現状は分断を加速させ、下層街の住人にとって足枷《あしかせ》になってもいる。

「銀山労働は過酷を極める。極寒《ごっかん》の冬を生き抜《ぬ》くためにはただでさえ大きなエネルギーを必要とするんだ。にも拘わらず、この国はこれまでその生命源となる食糧の大半を、王国からの輸入に頼っていた」

当面の食糧調達は帝国から行うし、アレオンもその方向で動いている。だがその調達経路は俺がいずれ断《た》ち切るつもりだ。だから将来的には他国からの供給依存度《いそんど》を減らし、国内だけでもしばらく糊口《ここう》をしのげるくらいの体制は整える必要がある。

「それを遮断《しゃだん》されたらこの国は立ち行かない、と？」

「そうだ。もし他国の援助《えんじょ》がなければ、この国にとっては食糧輸出の遮断が致命的《ちめいてき》な策になる」

現状は依存先が王国から帝国に移っただけで、依存が解消されたわけではない。

こうした部分に鈍感《どんかん》なのは、王国の属国という立場上、これまで食糧輸入が無くなる懸念が皆無《かいむ》だったからだ。

銀山という金のなる木を持ちながらもこの国の財政が芳しくないのには、食糧輸入に財源を割《さ》いていることも一因になっている。

無論、それ以外に要因はたくさんあるのだが。様々な要因が複合して、結果的に毎年少なくない数の餓死者を出してしまう問題に繋《つな》がっている。

「支援を打ち切られる前に大量に備蓄すると？」

「備蓄だけではとても全体に行き渡《わた》らない。だから救荒作物が必要だ。まずは種芋《たねいも》を確保し、農地の目星をつけ、開墾《かいこん》の人員を募《つの》る」

食糧の確保のみならず、雇用《こよう》の確保にもなる。シャロンはやや驚《おどろ》いたように目を見開いてから、誇《ほこ》らしげに口《くち》の端《はし》を持ち上げた。

「一手二手先を読んだ策、御見逸《おみそ》れしました」

おべっかにはとても聞こえない、本心からの言葉に背中がむず痒《がゆ》くなる。

俺はいくつかの腹案を残しつつ、ひとまずは第一の策を急ぎ進めるべく、現地視察に出向くことにした。

◆

俺は視察のためシャロンとコンラッドを引き連れ、公都の丁度南に位置する都市・セーラムのすぐ近くにある村を訪《おとず》れていた。

救荒作物とは気候が芳しくない環境下でも育ちやすい作物のことで、現代ではジャガイモヤサツマイモが例に挙げられる。この国では円錐形《えんすいけい》の芋《いも》がクラガ芋という名称《めいしょう》で呼ばれているようだが、他の国ではほとんど見られないため、おそらく寒い地域を好むのだろう。荒《あ》れた土地でも構わず生長するため、救荒作物にはうってつけだ。

「村長。クラガ芋の種芋、貰《もら》っていくぞ」

「……つかぬことをお聞きしますが、それを如何《いかが》するというので？」

「食べる」

「そ、それを食べるのですか⁉」

村長は信じられないものを見るように目を見開いている。

クラガ芋の表面はゴツゴツしていて、見るからに病原菌《びょうげんきん》か何かに冒《おか》されているように見える。事実、毒があるからこれまでは食用にできなかったのだ。

コンラッドに指示して事前に取り寄せていたが、実際思っていたよりも数段変な見た目をしていた。中身には青みがかった緑色の斑点《はんてん》が点在していて、生の状態では食欲を殺《そ》ぐものだった。熱を加えても毒が消えず、食べた者は皆《みな》半月ほど腹痛や高熱に苦しんでいたそうだ。

「食べた人間が毒にあたったのは、下処理が十分でないからだ」

「下処理、にございますか？」

クラガ芋に毒があることは聞いていたので、俺は視察に先立ってキャッサバの毒抜《どくぬ》き法を参考に、毒抜きの実験を行った。まず皮を完全に除去し、綺麗な水に浸《つ》けてから、熱を加えて調理する。

毒見しようとする俺をコンラッドが全力で止めてきたので、高額な報酬《ほうしゅう》を出して代わりの毒味役を募集《ぼしゅう》し、実験を行うことにした。

結果、毒が抜けるまで八日間水に浸ける必要があると判明する。念には念を押《お》して、十日というのを毒抜き完了《かんりょう》のラインとして設定することにした。

「こればかりは食べてみるのが手っ取り早い。おい、頼《たの》んでいたものは用意できているな？」

「はい、抜かりなく」

シャロンが大きめの木箱を手渡《てわた》してくる。中には下処理を済ませたクラガ芋のほか、油や調味料などが詰まっていた。

「毒抜きをしたとしても、この芋はそのままでは食べられない。調理が必須《ひっす》だ」

「……殿下《でんか》が作られるのですか？」

「俺が作るのはおかしいとでも言いたげだな」

俺が自分で支度《したく》を始めると、シャロンから心底意外そうな視線が飛んできた。

勿論《もちろん》、シャロンに指示して作らせた方が上手《うま》くできるのは確かだろう。だが比較的《ひかくてき》簡単な料理なので、自分で作ってみたかった。調理の方法はいくつもある。油がいの一番に頭に浮《う》かんだが、貴重品だから、救荒作物の調理方法には相応《ふさわ》しくないだろう。となれば蒸《む》すのが一番良さそうだ。

俺はクラガ芋を事前に用意していた蒸し器《き》へ投入し、熱が通った頃合《ころあ》いを見計らって取り出した。

「食ってみろ」

俺は全員に食べるよう促《うなが》す。村長は特に抵抗感《ていこう》を見せていたが、二人が躊躇《ためら》いなく齧《かじ》ったのを見て、意を決して口に放《ほう》り込んだ。

「毒があると聞いていたので食べたことはなかったのですが、これは美味《おい》しいですな！」

コンラッドが驚愕《きょうがく》して再び口に芋を運んでいる。

「本当ですね。甘みもあって美味しいです」

シャロンも口元を上品に隠《かく》しながら丁寧《ていねい》に咀嚼《そしゃく》し、その味に目を見開いている。

俺も続いて食べてみるが、最初に食感の固さとシャキシャキ感がやや気になったが、微かな甘さが口に広がる。ただ、サツマイモのように蒸すことで甘みが大きく増すかと期待してみたが、かなり抑《おさ》えめな印象だった。

「……期待外れだな。もっと甘いと思ったが」

意図せず、物足りなさが口端《こうたん》から溢《こぼ》れると、

「殿下？」

シャロンが俺の顔を訝《いぶか》しげに覗き込んできた。今の呟きが聞こえたというのだろうか。

まったく耳聡《みみざと》い……。

「いや、なんでもない」

もちろんこのままでも十分食べられるし、救荒作物と考えれば味も申し分ないだろう。

ただ、もっと美味しく食べられるはずという期待もあった。現代と比べて遥《はる》かに調味料に乏しく、食べ方も大きく限られてしまうのは残念だ。

「殿下は甘いものがお好きでしたか？」

「……どうだかな」

聞こえない声で呟いたつもりだったが、シャロンはしっかりと聞き取っていた。俺は返答に窮《きゅう》し。変な誤魔化《ごまか》し方をしてしまう。

甘いものは大好物だ。だがそれを口に出すのが憚《はばか》られたのは、ヘンリックの性格が影響してだろう。砂糖は貴重品なこともあり、これまで甘いものを要求しては来なかったし、贅沢《ぜいたく》するくらいなら、その分節制して懐《ふところ》にしまっておくのを是《ぜ》としてきた。

「申し訳ありません。これまで甘いものがお好きだとはつゆほども思わず……。ただ食事に付け足すとなると予算が少し厳しいですね……」

大公家に限らず、この大陸では食事に金を費《つい》やす貴族が多い。自分の食事が財政を圧迫《あっぱく》するのは嫌《いや》だったので、予《あらかじ》め食事の予算に目安を設けその範囲内《はんいない》でやりくりするよう申し付けていた。

「だから別に甘いものが好きなどとは言ってはいないだろうが」

「いいえ、最初から殿下が甘いのを期待していたのは見ていれば分かりましたし、食べてみて退屈《たいくつ》そうに眉を下げておられました。そもそも、好きでないのなら殿下は私の質問を否定するはずです」

ただでさえ感情の起伏《きふく》が薄《うす》い俺の表情を、これほどまでに正しく見極めるのは、シャロンの観察眼がどれほど優《すぐ》れているのかを示すものだった。

前々から分かってはいたが、シャロンは会話スキルが非常に高い。隙《すき》を見せれば、即座《そくざ》に付け込んでくる。この抜け目のなさは、交渉《こうしょう》なんかでも確実に活《い》きるだろう。

「使用人として主の欲《ほっ》するものを用意するのは使命ですから。本当は誰《だれ》にも教えてはいけないと母から釘《くぎ》を刺《さ》されていたのですが、私の母は砂糖液というものを作っていたそうなんです」

「砂糖液？」

「北部にアルデンヌの森という広大な森が広がっているのはご存じの通りですが、そこにはシュフィアンと呼ばれる木が至る所に群生しています。ラプト村ではその木から出る甘い水を加工して、貴重な糖分として摂取《せっしゅ》していたそうです。殿下の役に立てるのなら、ぜひ使っていただければ、と」

そう言って、シャロンはポケットから小さなポーチを取り出し、四つ折りに畳《たた》まれた古びたメモを中から摘《つま》み上げて手渡してくる。シャロンの話から大体察することはできたが、砂糖液とはメープルシロップのようなものだろうか。この国にそれに近いものがあるということになる。

樹液の九十八％は水であり、残りの二％にのみシロップの成分が含まれている。これを濃縮《のうしゅく》して加工することで甘いシロップが生まれる。そして樹液は一年のうち僅か十数日程度の期間しか採取できないものだ。

「殊勝な心がけだ。このメモにも書いてあるが、冬の終わりに甘い水を採取できるようだな？」

寒暖の差が最も大きくなる冬の終わり頃《ころ》に樹液を流出するというが、この国だと五の月《ビルタナ》の僅かな期間になるだろうか。シロップの採取方法は非常に簡易で、木に穴を空けるだけで勝手に流れ出てくるものだ。煮詰《につ》めて濃縮することでドロドロとした甘味《あまみ》の多いシロップになる。シロップは水分を飛ばすことで固形の砂糖にも変身する。

この世界ではまだ砂糖は高級品で、上層街の人間が好んで消費している嗜好品《しこうひん》だ。砂糖を他国に輸出すればこの国の重要な産業になる可能性が高い。

アルデンヌの森は一応領土という扱《あつか》いになっている。一応というのは、森の北側が気候変動により永久に雪が溶《と》けない極寒の地になっており、あまりの寒さに人は立ち入らないからだ。シャロンの母親も気候変動で村を出ざるを得なくなった。

「ただ砂糖液は大量の樹液を濃縮する必要があるので、そのまま運搬《うんぱん》するのは難しいですね」

シャロンの言う通り、大量生産を行うためにはいくつか障害がある。まずは運搬路だ。アルデンヌの森に入るためには切り立った崖《がけ》を登る必要があり、気軽に入れない場所として広く知られていた。それがラプト族以外に砂糖液の存在が知られていない要因だろう。そして濃縮する前の原液は量が多く、人力で運ぼうとすれば莫大《ばくだい》な時間と労力を要する。

「地図はあるか？」

「は、はい」

大公国全土の地理が描《えが》かれた地図をシャロンから受け取る。現代のように衛星から正確な地形などを把握《はあく》できるはずもないので、あくまで参考程度ではあるが、どこか運搬できるようなルートがあるかもしれない。

　地図と睨めっこしていると、ふと銀山が目につく。

「そうか、銀山があったな」

「銀山？」

　シャロンは脈絡《みゃくらく》もなく俺《おれ》の口から飛び出た言葉に理解が及《およ》ばない様子だ。

「銀山は地中深くまで坑道《こうどう》がある。内部には確か、人を地中まで運ぶ昇降《しょうこう》装置があったはずだ」

　この国ならではの強み。銀山の存在が後押《あとお》しして生まれた昇降装置だった。無論、現代にあるエレベーターどころか、明治時代頃にあったそれにも遠く及ばない粗末《そまつ》なものだ。だが人一人分を運ぶための簡易な昇降装置ならば確かにあった。

「崖の高さはどれくらいだ？」

「三十レンチほどかと」

　この世界では、人一人分を一レンチとしておおよその高さを測っている。人によって身長は異なるので一概《いちがい》には言えないが、おそらく五十メートルくらいだろう。

「その程度の高さであれば崖に設置するのも不可能ではないだろう」

「なるほど。森で採集した樹液を、昇降装置で崖下《がけした》につくった工場まで運び加工する、ということですね」

シャロンは納得顔《なっとくがお》で感心する。

「そうだ。まだ樹液採取の時期までは時間がある。それまでに昇降装置の製作を依頼《いらい》し、工場の建設も進める必要があるな。作業員の雇用、教育だって必要だ。やることは山積みだぞ」

「承知の上です」

シャロンは望むところだと言わんばかりに微笑《びしょう》を浮かべる。話が一段落し、俺は少し離れた場所にいた村長を手招きした。

「村長、ひとまずクラガ芋の有用性が少しでも分かったはずだ。この村でも大量に育てさせろ。いいな」

近くに寄ってきたところで指示を出す。可能な限り土地を開墾し、種芋を植えさせるとしよう。

「しょ、承知致しました！」

村長は身を強張らせて平伏《へいふく》するばかりだった。

◆

「殿下、ここは？」

「エールの醸造所《じょうぞう》だ」

「なぜエールを？」

　エルドリアに帰るや否《いな》やすぐに出立し、今度は二日かけてアルバレンの東を流れるフレーヌ川の上流にある比較的規模の大きな村まで馬車で移動した。

　この村はエールという酒の生産地として知られている。その理由は村の近辺で自生するホップに限りなく似た植物が原料になっているからだ。

　大陸中に出回っている大半のエールはハーブ類を原料にしているらしいが、この国のエールは苦みや香りが特徴的《とくちょうてき》でビールに程近く、帝国《ていこく》や王国のそれとは全く風味が異なるものだった。

「エールを国外に流通させるためだ」

　俺が醸造所の扉を開け放つと、中にいた作業員の目がこちらに集中する。そしてその中の一人が慌《あわ》てたように駆《か》け寄ってくる。

「もしやヘンリック皇子にございますか!?」

「遣《つか》いとして先にこいつを送っていたはずだ」

俺は背後にいたコンラッドを見遣《みや》る。

「なにぶんこのような公都から離れた田舎《いなか》ですから、皇子が直々に足をお運びになるとは夢にも思っていなかったもので」

「それでも支障は無いが、実際に俺が来た方が貴様らも憂《うれ》いを抱《かか》えずに済むだろう。貴様がここの責任者か？」

顔も見えない存在に指示されるがままやるよりも余程《よほど》いいはずだ。

「はい。私がこの醸造所を経営しております」

「この国に流通しているエールのほとんどは貴様らで作っている。そうだな？」

「左様でございます」

「コンラッド、貴様にここのエールを飲んでもらう」

「殿下!?　私は酒をあまり飲みませんぞ」

「嘘《うそ》をつくな。爺《じい》が貴様は大の酒好きで困っていたとよく話していたぞ」

コンラッドは酒が身体に悪く、集中力を散漫《さんまん》にするとして、摂取自体を長年控えていると俺に話していたが、以前は爺が呆《あき》れるほど毎晩酒を呷《あお》り、泥酔《でいすい》状態で酒場の物を破壊《はかい》しては爺がその謝罪に出向いていたという。それほどまでに酒を愛していたコンラッドがこの国のエールをどう見るか、俺は気になった。

「それは若気の至りとしか……！」

「あのなぁ、コンラッド。貴様は俺のために酒を断っているのかもしれないが、余計な気遣いだ。好きなのだろう？　ならば無理に断つ必要などない。自分への褒美《ほうび》としてたまに呑《の》むくらい誰も咎《とが》めたりしない。まあ毎日泥酔《でいすい》して帰ってくるというのなら話は別だが、今の貴様には自己管理くらいお手のものだろう？」

俺の言葉を受けて、コンラッドは意外そうに目を見開いた。

「……殿下は変わりましたな」

「はぁ？　どこがだ」

「いや、以前の殿下であればそのような言葉を私に掛《か》けることはなかっただろうと思いましてな」

「……ふん。思い違いもいいところだな。いいから早く飲め。そして感想を聞かせろ」

コンラッドは生暖かい目で俺を見つめながら、差し出された木のカップを手にする。真剣《しんけん》な顔で匂《にお》いを嗅《か》いだ後、中身を豪快《ごうかい》に飲み干した。

「どうだ、コンラッド」

「いやぁ、これは美味《うま》い！　正直驚きましたぞ。確かに帝国のそれとは全く風味が違って喉《のど》ごしや香りが際立《きわだ》っておりますし、この独特な苦味もクセになる」

酒を摂取したからか、普段《ふだん》より明らかに陽気な様子であった。

なぜこの国のエールが外に広まってこなかったのか。それは大陸で流通しているハーブ由来のエールは、長く保存するのが難しいからだ。そのため、作られた場所の近辺に流通することが多く、基本的に他国へ輸出するものではなかった。

しかしこの国のエールの原材料になっているホップもどきが前世のものと同じ特長を持っているとすれば、エールは殺菌《さっきん》効果が高く保存性に優れている。だからこの国で作ったエールを他国に流通させることができるのではないかと考えた。

ただ俺の独断で進めるのも憚られ、俺は確認《かくにん》も兼《か》ねてコンラッドに味見させるつもりで連れてきた。

「この国のエールには風味に明確な特徴があるうえ、保存性にも優れているはずだ。だから国外輸出が可能だと考えている。所長、国外輸出にあたっての懸念はあるか？」

「確かにここのエールが腐《くさ》ったという話はあまり聞きませんが、暖かい時季には時間が経《た》つと強い酸味が生じますな」

いくら保存性が高いと言っても、適切な保存環境を用意しなければ意味はない。ただ、それは所長も理解はしているはずだ。遮光《しゃこう》は当然行っているだろう。遮光しないと、次は強い苦味となって顕出《けんしゅつ》する。とはいえ、直射日光や高温をある程度避けていても、風味に関しては劣化《れっか》がある。それは俺も懸念していた。輸送環境は気候に左右され、暑い場所になればそれだけ品質は落ちる。完全な均質化を望むのは酷《こく》だが、劣化を食い止めることならできる。

「今は木製の樽《たる》に入れてエールを輸送しているんだな?」

「え、ええ。それがどうかいたしましたか?」

「それを密閉性の高い容器に替《か》えれば、質の低下を防げるはずだ」

「密閉性の高い容器、でございますか?」

「そうだ。磁器ならば空気との接触《せっしょく》を格段に減らせるし、陶器《とうき》と比べても割れにくい上、水分も全く吸わないと聞く」

加えて容器の蓋《ふた》を手紙の封《ふう》にも使われている蝋《ろう》で固めれば、高い密閉性が確保できる。そうやって酸化を防ぐことで、酸味を抑えられるはずだ。

「ただ木樽のように大きな容器を作るのは難しいのではありませんか?」

輸送環境的《かんきょうてき》にも馬車は揺《ゆ》れが激しいから、割れにくいとは言ってもひとたび割れれば損害も大きくなる。

「ああ。だから割れた時のリスクを極力排除《はいじょ》するために、小型化を図《はか》り、単価をその分上げる」

瓶《びん》のビールのようなイメージだ。

「高級路線で売り出すと、そういうことですかな？」

「その通りだ。わざわざ遠い場所から運ぶのだからな。そうでもしないと割に合わない」

「なるほど、仰る通りですな」

「その容器を作れる職人にも目星はつけている」

「ほう。さぞ高名な職人なのでしょうな」

「いいや。下層街の小汚《こぎたな》い男だ。でもそんなことはどうでもいい。貴様は生産ラインの拡張を早急《さっきゅう》に進めろ。金と人手は出す」

「承知致しました！」

「シャロン、貴様には流通経路の確保、卸《おろ》し先の策定、その他諸々《もろもろ》を全て任せる」

「私に、ですか？」

「こういうのは得意だろう？」

俺は曇りの無い心でそう告げる。素直《すなお》な言葉に驚いたのか、珍《めずら》しくたじろいでいた。

シャロンは人間の観察眼に長《た》け、頭脳明晰《めいせき》で手先も器用。何をやっても天才的にこなし、おまけに容姿も優れ魔法《まほう》も使えるという、欠点が一つも見当たらないパーフェクト使用人だ。完璧《かんぺき》に役目を果たしてくれる確信があった。

「……ご期待に添《そ》えるよう努力します」

シャロンは意気に満ちた表情をたたえ、拳《こぶし》を握った。

◆

気づけば俺がこの国に来てから、既に二ヶ月が経過していた。短い夏はすぐに過ぎゆき、十一の月《サミン》に差し掛かっている。既に体感では氷点下を切りそうな日が珍しく無くなっているが、これでもまだ冬の入り口に過ぎないというのだから、この国の冬がいかに厳しいのかは想像に難《かた》くない。

冬の間の食糧供給・備蓄については、帝国のレトゥアール派閥に便宜《べんぎ》を図ってもらい、最優先で回してもらっている。クラガ芋農地の開拓《かいたく》も急ピッチで進んでいる。シャロンの期待通りの働きもあり、エールの流通にも目処《めど》が立った。砂糖液製造の工場も建設が始まっている。その中で、もう一つ進めている施策があった。下層街では餓死《がし》のみならず凍死《とうし》も同様に多く、防寒器具の開発が急務だった。この国において火は生命線だ。煙突《えんとつ》から煙《けむり》が出ている光景は日常的であり、かなりの木材の確保が必要となっていた。しかし下層街ではそれが難しい現状がある。

「そこで作っているのがコタツだ」

「コタツ？」

シャロンが聞き慣れない単語に首を傾《かし》げる。

「見た方が早いだろう」

コタツは日本において極寒の冬を乗り切る国民的な道具だ。現代では電気によるものが主流だが、無論この国に電気などという便利なものは存在しない。ただ実際に火をおこし、密閉空間を作ることで再現は可能である。最も安価で長く温度を保てるのは番屋炬燵《ごたつ》だろう。瓦《かわら》のような頑丈《がんじょう》な素材でできている穴の空いた入れ物に、蒸し焼きにして炭化させた木材を仕込《しこ》んだ丸鉢《ばち》を入れる簡易な仕組みだ。その上に布を被《かぶ》せて熱を維持《いじ》することで、中を高温に保つ。当然電気も発生しなければ、多量の木を必要とするわけでもない。薪《まき》ストーブに頼っているこの国の人間にとっては経費削減《さくげん》にもなると考えた。

生産工場自体は概《おおむ》ね完成しており、今回はその視察が目的である。元々は建築基準もクソもない今にも朽《く》ち果てそうなバラックが並んでいたが、そこを生産工場と集合住宅に置き換《か》えることで、街並みの再編成と安全性の向上に繋げた。更地《さらち》にした土地にまずは生産工場を作り、住居ができるまでは作業場に住まわせることにしている。

「おお、ヘンリック皇子！　ようこそおいでになった！」

作業場の一角に足を踏《ふ》み入れると、無精髭《ぶしょうひげ》をたくわえた男が表情に喜色を纏《まと》わせながら駆け寄ってきた。馴《な》れ馴れしく肩《かた》に手を置いてくるので、ため息を吐《つ》きながらその手を払《はら》う。

「殿下、この方は？」

「下層街の長だ」

「いつの間に親密に？」

シャロンが意外そうに尋《たず》ねてくる。

「親密な間柄《あいだがら》に見えるのなら貴様の目は腐っている」

俺は心底嫌そうに告げる。下層街の長の態度があまりに気さくに映ったうえ、俺もそれを受け入れているように見えたのだろう。俺は元々、馴れ馴れしい態度で接してくるような奴《やつ》に出会えば、口を開いた時点で即叩《そくたた》き切るような男だった。ただ長の敬語があまりにぎこちなすぎるのもあって、「話しやすいように話せ」と呆れ半分で告げていたというだけである。

「皇子は突然《とつぜん》一人でここにやってきたと思えば、銀山で働くことが難しい我らに仕事や食糧を与《あた》えてくれてな。おかげでその日を凌《しの》ぐために足掻《あが》く日々も終わって、住民は本当に感謝してんだぜ！」

勿論、下層街の住人に仕事を与えるためにこの工場を建設させたわけだが、それ以上に質の高い商品を国外に輸出するために下層街の長と接触した。というのも、下層街の長は若い頃に中層街で磁器店を営んでいたらしく、その磁器の評判はすこぶる良かったらしい。だが原料を他国から輸入しているために値段が大変に高く、王国から流通する廉価品《れんかひん》が需要《じゅよう》の激減を誘発《ゆうはつ》した。決して余裕のある生活を送れているとは言い難《がた》い大公国の市民が高価な磁器よりも数段安い廉価品を選ぶのは当然の摂理《せつり》というものだった。下層街の長はやがて廃業《はいぎょう》に追い込《こ》まれるばかりか、多額の借金も背負う羽目になる。

そうした経緯《けいい》で、下層街に追いやられてしまったのだという。

だが、その技術の高さは俺にとって魅力的《みりょくてき》だった。最初は下層街の視察とコタツ工場の建設について話を付けるために来たわけだが、それとは別に職人としての腕《うで》を見込《みこ》んで、磁器のビール容器製作を頼むことにしたのである。無論、それだけの腕があるとなれば、コタツの核《かく》となる入れ物と丸鉢の品質の確保にもうってつけであった。

「その分働いて、形で俺に感謝を示すことだな」

「当然、そのつもりだぜ！」

「その後の進捗《しんちょく》はどうなっている」

「すこぶる順調だぜ！」

俺は先導する長の背中を追い、説明を聞いていく。コタツの生産工程は、布と、入れ物に丸鉢、机という三つに分業されていて、日々効率化されているようだ。ひとまず国内での普及《ふきゆう》に際しては、どこの家にもある机に取り付ける形で進めているが、国外向けにその配慮《はいりよ》は不要だから、机も抱《だ》き合わせ商法的に売りつけることで利益を稼《かせ》ぐ予定だ。

「ならいい」

「これがコタツですか？」

作業場の一角にある休憩《きゆうけい》スペースにはコタツがいくつか置いてある。シャロンが物珍《ものめずら》しそうに表面を撫《な》でている。

「そうだ。中に足を入れてみろ。焦《あせ》るなよ」

シャロンとコンラッドは目を見合わせて慎重《しんちよう》に足を入れる。

「わっ……これは暖かいですね」

「こんな代物《しろもの》を発明するとは流石《さすが》ですな、殿下！」

コンラッドが手放しで褒《ほ》め称《たた》えてくる。

「……皇宮《こうぐう》の禁書庫で見つけた書物に載《の》っていた物だ。俺が発明した訳ではない」

「またまた、殿下は謙虚《けんきよ》なもので」

「ふふ、全くですね」

素直に称賛《しようさん》を受ける気にもなれず俺が顔を背《そむ》けると、コンラッドとシャロンは何かに気付いた様子で顔を見合わせながら笑っていた。

「そういえば皇子。指示の通り、優先的に回せと仰《おつしや》っていた孤児院《こじいん》には既《すで》に回しておいたぜ」

「孤児院？」

長の言葉を聞いたシャロンは、眉《まゆ》を寄せながら疑問を投げかけてくる。

「若い奴を最優先にしただけだ。ただでさえ弱い者たちだからな。後回しにして冬の寒さに屈《くつ》せられては困るんだよ」

孤児院の防寒設備は整っていないことが多いと聞き、まずはそちらに回してもらった。

「ああ、なるほど」

「なんだその妙《みよう》な納得《なつとく》の仕方は」

シャロンは俺の言うことに納得したというより、どこか含《ふく》みのある笑《え》みを浮かべている。

「いえ、相変わらず素直じゃありませんね」

「あのなぁ……」

「そういえば、孤児院に顔を出した者の中に、『院長から冷たくあしらわれた』と言う奴が結構多くてな。一応、皇子にも伝えておく」

シャロンに反論を告げようとするが、長がそれを遮《さえぎ》って報告を述べてきた。

「孤児院の院長が？　孤児院は国が運営している。院長も当然、国が厳正な審査《しんさ》をして選出した者のはずだが？」

一件や二件ならば偶然《ぐうぜん》の可能性もあるが、俺は国内全域にある孤児院に届けるよう指示していた。何か裏があるかもしれない。調べてみる必要がありそうだな。

「理由については知らんが、一応伝えておくべきかと思ってな」

「それはこちらで調べておく。これから冬も深まる。貴様らは集合住宅の建設に注力し、完成を急げ。もたもたしていると死人が出るぞ」

「おうよ！　大工も張り切って建設に取り組んでるから心配には及ばねえぜ」

対価の全ては俺の懐から出している。食糧を与える代わりに給金は低く抑えているとはいえ、決して安くはない。ただコタツやエール、砂糖の利益でゆくゆくは回収できるだろうと皮算用している。

「冬の寒さでくたばることのないようせいぜい気をつけることだな」

そう吐《は》き捨てて踵《きびす》を返す。すぐさま後を追ってきたコンラッドが珍しく不満で顔を染め、問《と》い詰めるように尋ねてくる。

「殿下、以前一人でここまで来られましたね？」

「ふん、ここの住人に害されるほど俺は弱くない」

一悶着《ひともんちゃく》あったのは否定しないが、話術で言いくるめ、行動で示し、下層街の人間から一定以上の信用を得られた。俺一人で来た気概《きがい》を認めようという、そんな空気すらあった。

「殿下の強さを疑うわけではないですが、護衛としてはやはり不安です。いつ王国の刺客《しかく》のような敵が襲《おそ》ってくるか分かりません」

「気を抜いたことなど一度もない。貴様に咎められる筋合いはない」

「私にとっては殿下のお命以上に大切なものなどございません。どうかお許しいただきたい」

「ふん、俺に付いてきたばかりに出世の道が閉ざされたというのに酔狂《すいきょう》な男だ」

コンラッドは俺の皮肉を一切《いっさい》気に留《と》めず、微笑《ほほえ》みながら鼻を鳴らした。

「私はホルガー様に命を救われました。その侯爵《こうしゃく》が忠義を尽《つ》くした殿下をこうしてお守りできるだけで、望外の喜びを感じております。地位など欲してはおりません」

「貴様の忠勤には全く頭が下がる。その忠義にはいずれ報《むく》いてやる」

「ありがたきお言葉に存じます。ですが褒美など、私は望んでおりませんぞ」

「報いなければ、ヘンリック・レトゥアールの名が廃《すた》るというものだ。貴様には業物《わざもの》の剣《けん》を見繕《みつくろ》おう」

「こ、光栄です！」

コンラッドが自分の剣に並々ならぬ愛を注いでいて、相当なこだわりを持っているのは知っている。そのあたりは細かにヒアリングして詰めていくとしよう。

「一つ問うておこう。貴様ほどの実力者ならば、本来なら帝国で騎士団長《きしだんちょう》レベルの地位についていてもおかしくはなかったはずだ。俺に付いたばかりにその未来を閉ざしてしまった自覚はある。今更《いまさら》だが、帝国に未練は無いか？　今、俺との決別を選択《せんたく》すれば帝国で生きる道もあるだろう」

「私は元々、ホルガー様の遺志を果たすべく殿下に付き従っておりました。以前の殿下のままであれば、全く未練が無いと胸を張って言える自信は無かったかもしれません。ですが殿下はこの国に来てから見違《みちが》えるほどお変わりになった。今の殿下のためならば、この命など惜《お》しくないと、心の底から本気で思っておりますぞ」

ホルガーが死んでなお遺してくれた懐刀。コンラッドは俺にとって無くてはならない存在だ。

「ならばよし。もう俺も貴様も一々帝国に行動を縛《しば》られているわけではない。貴様一人で俺を守るというのも限界があるだろう。俺はこれまでも自分の手足として使える手駒《てごま》を欲していた。帝国の監視《かんし》がある以上、それが叶《かな》うことは無かったがな。貴様には精鋭《せいえい》で揃《そろ》えた私兵隊、その総隊長を担《にな》ってもらいたい」

「……死兵隊、ですか？　ふっ、腕が鳴りますな」

「……ニュアンスが違《ちが》う気がするが」

「いいえ、命を懸《か》けて殿下をお守りする名誉《めいよ》ある部隊、その総隊長など胸が躍《おど》るばかりですぞ」

「守るのもそうだが、私兵隊にはあらゆる任務の補佐を頼みたい」

「任務？」

「隠密《おんみつ》作戦、諜報《ちょうほう》、汚《よご》れ仕事。ただ戦うのみならず、様々な才を国内外から集めたい。その目利《めき》きはコンラッド、貴様に任せる」

コンラッドはやや脳筋気質なところがあるので、内政への貢献《こうけん》は正直そこまで期待していない。その代わりに、軍事面の強化に関する権限の多くを委譲《いじょう》する腹積もりだった。

「はっ、私ですか？」

「ああ。身分は問わない。ただ貴様が才あると見た人間を俺の前に連れてこい。そして俺の目を通し、俺の側に置くに相応しい人間か、この目で見定める」

大公国は近年国外に出兵するような状況《じょうきょう》がほとんどなく、軍部に関しては弱体化の一途《いっと》を辿ってきた。過去には王国の右腕として隆盛を誇った大公国軍も、王国との関係悪化によって王国のために働くという気概も薄れていった。

平和な国土が日常となれば、軍隊も縮小される。一兵卒の練度が高いはずもなく、それを小隊ごとに率いる士爵《ししやく》に叙《じよ》された人間も、貴族家出身で当主になれる見込みのない次男三男であり、士爵という身分が受け皿として扱われ、気高き志を携《たずさ》えた人間も少ないのが実情だ。戦時になって徴集兵《ちようしゆうへい》として平民を集め、士爵によって率いらせる。それが現状の仕組みであった。これを直ちに精強な軍隊に仕立て上げようとしたとしたところで、軍部を動かせる権限が俺にはなく、一朝一夕《いつちよういつせき》でどうにかできるものでもない。軍部を動かせるようになるためには、貴族から信望を得なければならない。

その前段階として、自分が手足として使える兵士の確保、それも一人一人が突出《とつしゆつ》した実力と精神力を持つ者で周囲を固めようとした。簡単な条件ではないが、コンラッドならばそんな人間を集められると確信していた。

軍隊の強化、それを成《な》し遂《と》げるためには、指導する人間にも相応の練度が求められる。だがその人材がこの国にはいないのだ。私兵隊の創設にはそのための人材育成という側面もあった。

「はっ、必ずや殿下《でんか》のお眼鏡に適《かな》う強兵を連れて参りましょう!」

もちろん貴族が平民を見下す風潮は未だ根強い。身分を問わず集めた人間を指導官として据《す》えるにはまだまだ障害が山積みである。

◆

下層街を視察した帰り道、先程《さきほど》の長の話を聞いて気になった俺は、中層街にある孤児院に立ち寄ろうと、歩みを進めていた。

孤児院の目の前に併設《へいせつ》された庭では、子供達《たち》が思い思いの遊戯《ゆうぎ》に夢中になっている。その一角に、院長と思《おぼ》しき四十歳程《さいほど》の女性と談笑《だんしょう》するアルシアナの姿があった。

「あれは、アルシアナ公女殿下……？」

シャロンが意外そうに言葉を紡《つむ》ぐ。公女が護衛も連れず一人で城下に出ている時点で不用心だ。いや、俺も人のことは言えないのだが。

俺は塀《へい》の陰《かげ》からアルシアナを見つめる。少なくとも院長と話す様子を見る限りでは、下層街の長が言っていた「院長が冷たくあしらう」とは程遠《ほどとお》かった。無論、院長が身分によって態度を変えている可能性も否定できない。それでも、院長が浮かべる笑《え》みは俺の目には自然に映った。

「声を掛けなくてよろしいのですか？」

「逆になぜ声を掛ける必要がある。俺がここで公女に話しかけたとして、公女が喜ぶとでも思うのか？　むしろ怪訝《けげん》に思うはずだ」

「……それでも殿下とアルシアナ公女殿下は婚約者《こんやくしゃ》ではありませんか」

「たかが婚約者だ。そもそもこれは政略結婚《けっこん》であり、公女とて望んだものではなかった。必要以上に接触する理由はどこにもない」

「……きっと殿下とアルシアナ公女殿下は歩み寄れると思うんです」

違う。歩み寄れる、寄れないの次元の話ではない。俺がそれを望んでいないのだ。

「それは貴様の願望に過ぎない。それより今はあの院長との接触が先だ」

話の方向を逸《そ》らそうと俺が院長方に視線を送ると、すでにアルシアナは子供達との別れの挨拶《あいさつ》を終え、孤児院を後にしようとしていた。その背中と、アルシアナに手を振《ふ》って見送る子供達を見つめる院長の瞳《ひとみ》には慈愛《じあい》の色が帯びてはいるが、そこに確かな哀愁《あいしゅう》も混じっていた。俺はアルシアナの姿が見えなくなったのを確認して孤児院の敷地《しきち》に足を踏み入れると、こちらに気づいた院長が一瞬《いっしゅん》で顔色を変え、駆け寄ってくる。

「も、もしかしてエルドリア城から遣わされた貴族様でしょうか……？　でもここには来ないと約束していたはず」

院長がおずおずと尋ねてくる。貴族に、というよりは特定の貴族に対して怯《おび》えている様子だ。

「遣わされた？」

俺は誰かに遣わされたわけではない。自らの意思でここに来た。

「い、いえ。なんでもありません！」

院長は露骨《ろこつ》にホッとした様子を見せながら、首を横に振る。遣いという存在が、院長をここまで怯えさせる程《ほど》の「何か」をしているのだろう。

「なぜ安心する。俺が貴様の怯える相手より理不尽《りふじん》で横暴だと、なぜ思わない」

「ひっ……も、申し訳ございません」

再びその瞳が怯えを孕《はら》む。

そもそも、大公家の名を使って脅《おど》しているというのが悪質極《きわ》まりない。アレオンの性格を見る限り、脅して何かを要求する行為《こうい》を是《ぜ》とはしないだろう。

「一度口に出したんだ。全て吐け。その遣いとやらが貴様に何を要求している？」

「……言えません」

「言えない？　なぜだ」

「……」

院長はお辞儀《じぎ》の体勢のまま縮こまり、ダンマリを決め込む。

「いんちょうをいじめるな！」

声の方向に目を向けると、孤児《こじ》の一人が強く握《にぎ》った拳を震《ふる》わせながら、こちらを精一杯《せいいっぱい》睨《にら》みつけていた。

「やめなさい！　この方は貴族さまなのよ」

「さっきのお姉ちゃんも貴族さまなんだろ⁉　そんな奴に意地悪されて、どうして黙《だま》ってるんだよ！」

「そんな奴、とは随分《ずいぶん》な物言いだな」

「も、申し訳ございません！　どうかこの子の命だけは……！」

「無礼を見逃《みのが》せというのなら、相応の誠意が必要になる」

「せ、誠意……」

院長は生唾《なまつば》を飲《の》み込み、逡巡《しゅんじゅん》するように視線を彷徨《さまよ》わせる。

「……そ、それは」

「遣いが誰《だれ》なのか、知りうる限りを俺に話せ」

「殿下、少しやりすぎかと」

シャロンが諫言《かんげん》を挟《はさ》んでくる。

「で、殿下……？」

殿下という呼び名に院長の肩が更《さら》に震えを増す。

「この方はアルシアナ公女殿下の婚約者で、レトゥアール帝国の皇子であるヘンリック・レトゥアール殿下です。突然の訪問に驚《おどろ》かせてしまって申し訳ございません。こう見えて心優《こころやさ》しきお方ですから、本気でその子を手にかけるつもりはありません。ご安心ください」

「おい、余計なことは」

俺の脅迫《きょうはく》はもちろん冗談《じょうだん》ではある。俺も心を痛めてはいたが、こうでもしなければ口を割らないほどの脅しを受けているのだろうと思ったのだ。シャロンの言葉を聞いて、院長は安心したとは程遠いものの、幾分《いくぶん》か落ち着きを取り戻《もど》していた。

「殿下は孤児院を助けたいと思っておられます。実のところ、今回訪ねたのはコタツの生産工場で不穏《ふおん》な話を耳にしたからなのです」

「不穏な話、ですか？」

「院長はコタツを使っておられますか？」

「ええ、それはもう。毎年、冬の夜は全員で毛布にくるまって身を寄せ合い、寒さをどうにか凌ぐ日々でしたから。冬が始まった今、本当に助かっております」

「コタツを孤児院に届けさせるよう指示なさったのは殿下です」

「お、皇子がコタツをお恵《めぐ》みに……？」

「はい。まだ市井《しせい》にあまり出回っていないコタツを、孤児院を第一に届けさせたのです」

「……」

これまで俺と絶対に目を合わせようとしなかった院長と、一瞬目が合う。

「院長が何か口止めされていて、私たちに話すことで不利益を被《こうむ》る可能性があるとしても、話されるべきです。不安だとは思いますが、殿下は必ず力になってくださいます」

「……分かりました。お話しします」

脅しよりも信用させて口を開かせた方がはるかに良い結果を生むのは理解できる。でも、この口と態度でそれを勝ち得ることはまず不可能。だから俺は積極的に脅しを用いているのだ。

シャロンはそれを途中《とちゅう》で遮ったと思えば、いとも簡単に口を開かせてしまった。

「事の発端《ほったん》は、忘れもしない三年前の六の月《ミヘィム》でした。私には五歳《さい》になる娘《むすめ》がいるのですが、突然自宅にやってきた大公国の兵士に、その娘を攫《さら》われてしまったのです。悲嘆《ひたん》に暮れていた私の許《もと》に使者がやってきて、こう告げられました。『娘は預かった。生きて返してほしければ、黙って指示に従え』と」

「その指示とは？」

「十三歳になった子供を全員引《ひ》き渡《わた》せ、と」

孤児は基本的に大公家の所有物であり、大公家のために働くことを求められる。その進路は様々だが、一貴族の私物となることはまずありえなかった。そもそも人質《ひとじち》を取ってまで要求する意味はなんだ？

「誰の指示かは知らないのか？」

「そこまでは……」

「まあそうだろうな。主導者はおそらく国の上層部にいるような上級貴族だ。繋《つな》がりを辿れるような情報を貴様に与えるはずもない。これ以上貴様を問い詰めたところで何の意味もないな」

「有益な情報をなにもお伝えできず申し訳ありません」

「これだけでも今日は収穫《しゅうかく》だ。だが次に大公家の使者を名乗る人間に呼ばれた時には必ず報告しろ」

「は、はい！」

院長は深く頭を下げながら返事する。完全に怖《こわ》がらせてしまったようだし、これからはシャロンを挟んだほうが良さそうだな。

「俺《おれ》が来るよりも貴様が行ったほうが手っ取り早いだろう。状況は貴様の口から俺に伝えろ」

「承知しました」

俺はシャロンに告げながら、思案の海に沈《しず》む。

院長を脅している人間が誰か、これはかなり闇《やみ》の深い問題だ。必ず究明し、関わった人間を取り除かなければならない。院長の娘もなるべく早く救出したい。

とはいえ今の俺がアレオンを始めとする大公国の人間に教えたところで、信じてはもらえないだろう。いや、それだけならばまだ良い。帝国の人間である俺が大公国を破滅《はめつ》に導こうとしているのではないか、そう疑念を抱かれでもしたら詰みだ。

それだけは何としても避《さ》けたい。だからこの案件は相当慎重に動く必要がある。今は大公国の貴族たちに俺のことを認めさせるのが先決だ。

◆

ヘンリックがこの国にやってきてから早くも七ヶ月が経過し、四の月《アイブリーヌ》となり長い冬もようやく終わりに近づいていた。

エルドリア城では三ヶ月に一度、定例的に行われる議会が開かれている。国内の有力者が一堂に会する最高意思決定の場であり、ソルテリィシア大公家の縁戚《えんせき》やそれに準ずる権力者が叙勲《じょくん》されている「子爵《ししゃく》」の称号《しょうごう》を持つ貴族が集まっていることから、子爵院と呼ばれている。ただ、基本的に多くの議論は月に二度行われる各貴族の代理人が出席する議会で完結しているため、議論が活発かと言われるとそうでもなく、厳粛《げんしゅく》な空気で行われ貴族たちにとっても義務的に参加する一行事に過ぎなかった。

そんな子爵院で、今日は珍しく我先に官僚《かんりょう》から声が上がり、侃侃諤諤《かんかんがくがく》とはいかずともそれに限りなく近い様相を呈《てい》していた。

「閣下、下層街の治安が劇的に良くなっていると報告を受けました。無造作に建てられていたバラックが集合住宅や工場になっており、景観も大幅《おおはば》に改善しております」

「この時期は例年、下層街で越冬《えっとう》できなかった者たちの死体処理に奔走《ほんそう》するのですが、今年は死者がほとんど見られません。どうやらコタツなるものが市井に流通しているのが原因とのことです」

「美味な酒が我《わ》が国《くに》より流通している、と南国連邦《れんぽう》のルナフィス王国の大使に告げられ困《こん》惑《わく》していたところ、どうやら我が国のエールが好評を博しているとのこと。かなりの距離《きょり》があるというのに、エールを腐らせずに運べるとは驚き申した！」

次々となされる報告に、一つ一つを簡易的に咀嚼《そしゃく》するのが精一杯《せいいっぱい》といった様子で、アレオンは額に脂汗《あぶらあせ》を浮《う》かべる。

ている。


「これは一体、どうなっている？」

そんな戸惑《とまど》いの言葉を溢《こぼ》すのも無理はない。議会全体が騒然《そうぜん》とし、互《たが》いに顔を見合わせている。

「ありえん。何者かの介入《かいにゅう》があったとしか思えんな」

「このように国を揺るがすほどの人間がこの場にいる者以外にいると？」

「この中に心当たりのある者はおらぬのか？」

そんな風に言い合う貴族を尻目《しりめ》に、アレオンは汗が滲《にじ》む手をギュッと握り込む。報告一つ一つを頭の中で咀嚼しきっても、否定的な文言は一つも見当たらなかった。そしてアレオンには、こんな状況を作り出しうる存在に心当たりがあった。

「ヘンリック、皇子……」

その名前を独りごつ。アレオンは周囲に聞こえないように漏《も》らしたつもりだったが、その声は喧騒《けんそう》に包まれる中でもなぜか響《ひび》いた。

「大公閣下、ヘンリック皇子が何かしたと仰られますか？」

「何か根拠《こんきょ》があってのことでございますな？」

耳聡《みみざと》く聞きつけた貴族たちが口々にアレオンに問いかける。

アレオンもこの場でその名前を出したのを迂闊《うかつ》だと瞬時《しゅんじ》に自戒《じかい》した。とはいえ一回認識《にんしき》させた名前を否定してうやむやにすれば、貴族たちの信望にも影響《えいきょう》してしまう。

「……ヘンリック皇子を呼べ」

進退に窮《きゅう》したアレオンは城内にいるであろうヘンリックを呼ぶよう、官僚たちに告げる。

それから数分、いや数十秒ほどにも感じられた僅《わず》かな時間を経て、ヘンリックは姿を現した。しかも整った髪型《かみがた》に、寸分違《たが》わぬ礼服の着こなしが光っており、迅速《じんそく》な登場も相まってアレオンは呆気《あっけ》に取られる。まるで最初からこの展開を予想していたかのような様子だった。

ヘンリックはアレオンの顔を一瞥《いちべつ》し、全体の前に立つ。

「ヘンリック・レトゥアールだ」

「突然呼び立ててしまい誠《まこと》に申し訳ない。それにしては早い到着《とうちゃく》のようでしたが」

「今日が子爵院の日だと聞いていたからな。いつでも駆《か》けつけられるように準備はしていた」

「気を遣《つか》わせてしまったようですな」

「ふん、気など遣ってはいない。それよりも俺を呼んだ理由はなんだ？」

ヘンリックは鼻を鳴らし、わざとらしく挑発的《ちょうはつてき》な笑みを浮かべた。

「ではヘンリック皇子、単刀直入にお聞き致《いた》します。これは皇子が仕組んだことですか？」

アレオンではなく気性《きしょう》の荒《あら》さで知られる貴族の一人が立ち上がり、険しい表情で追及《ついきゅう》する。

「これ、とは何のことだ？　それに仕組んだとは人聞きの悪い」

「ヘンリック皇子、その者に貴殿《きでん》を責め立てるつもりはない。どうか気になさるな。ただ、下層街における死者の激減や王都全体の経済活性化、エールの国外への流通と立て続けに良い報告があったのだ。これらが全て皇子一人の功績だというのであれば、その者が面白《おもしろ》くないと思う気持ちも当然だろう？　それをどうか理解してもらいたいのさ」

口を挟んだのはキプレア・ルドワール子爵だった。

やや砕《くだ》けた口調に思えるが、馴れ馴れしさはあまり感じない。若くはないものの、不思議とミスマッチとは思わなかった。

「ヘンリック皇子、ルドワール卿《きょう》はよく公都の孤児院に寄付をしておりましてな。信頼《しんらい》できる清廉潔白《せいれんけつぱく》な男にございます」

「おっと、閣下。そのことはあまり吹聴《ふいちょう》しないで欲《ほ》しいといつも……」

ルドワールは呆《あき》れた様子ながらも、苦笑いしているだけだ。

「おお、そうであった。すまない。ただお主のことを皇子に知って貰《もら》いたくてつい、な」

「ふん。茶番はそれだけか？」

「話の腰《こし》を折ってしまいましたな。申し訳ありません」

「貴様らの疑問に答えてやる。俺は確かに下層街にテコ入れし、食糧備蓄《しょくりょうびちく》と救荒《きゅうこう》作物の開拓で食糧供給の安定化を図《はか》り死者を減らし、コタツやエールの製造などで雇用《こよう》の創出に結びつけた。だがなぜ俺がそんなことをしたと思う？」

「……分からないな」

ルドワールが考え込む。

「この国に来た当初、俺はアレオンの前でこう豪語《ごうご》した。独力で目に見える成果を挙げる、と」

「成果？」

「俺がこの国に来た当初、貴様らは全員俺のことを甘《あま》く見ていたはずだ。それどころか俺を遠ざけるつもりだっただろう。信用などするはずもない。だから俺一人で貴様らに実力を知らしめ、この国にとって有益だと思わせるためにやった。アレオンよ、これでも成果として足りないか？」

ヘンリックの視線が再びアレオンを捉《とら》える。アレオンの目にはその不敵な笑みが異常なほど自然に映った。アレオンは肩を震わせ、心底愉快《ゆかい》そうに笑う。

「ふふふ。大変驚き申した。他の者も同じでありましょう。全く風評というのはアテになりませんな」

ヘンリックの評判ははっきり言って芳《かんば》しくなく、当初はどの貴族も侮《あなど》るばかりであった。アレオン自身も流布《るふ》された噂《うわさ》を信じきったからこそ、一貫《いっかん》してヘンリックを政治から遠ざけようとした。

「人の噂というものは経由した人間の恣意《しい》が介在《かいざい》して尾《お》ひれがつくものだ」

「皆《みな》の者、如何《いかが》であろう。これほどの才覚を持つ者の力を借りぬというのはあまりに勿体《もったい》無《な》いと思わないか？」

その問いかけに頷《うなず》く者は多かった。そうでない者も皆顔を見合わせるばかりで、否定するような言葉は聞こえてこない。もっとも、空気を読んで同調しただけで、胸中に複雑なものを抱《かか》える者もいるだろうが。

「ヘンリック皇子、よろしいですかな？」

「いいだろう。俺が貴様らの問題を解決してやる」

「聞いたであろう。なんとも頼《たの》もしいことか。皆、異存はないな？」

首を横に振る者は現れず、拍手《はくしゅ》すら起こる始末だった。それを見てアレオンは満足げに柔和《にゅうわ》な笑みを浮かべる。一方のヘンリックは微《かす》かに口角を上げながらも、冷静な振る舞《ま》いを貫《つらぬ》いていた。

◆

子爵院はそのまま和《なご》やかな空気が最後まで保たれ、空気が弛緩《しかん》したのを見てアレオンが閉会を宣言する。退出していく貴族たちの背中を見つめながら、俺はなおも冷静な表情を維持し続けた。そんな中、アレオンの隣《となり》に座《すわ》っていたアルバレン子爵家当主のセレス・アルバレンが、何を思ったかこちらを一瞥すると、にこやかに微笑んで、会場を後にした。

そして全員が退出し、重厚《じゅうこう》な扉《とびら》が完全に閉じたのを見て、張り詰めた緊張《きんちょう》が解けていくのを感じる。

あれだけ多くの視線に晒《さら》されるとさすがに疲弊《ひへい》の色が濃《こ》い。ずっと気を張っていたので、表情筋が磨耗《まもう》していたのか、緩《ゆる》んだ拍子《ひょうし》に顔の至る所がピクピクと動いていた。

先程まで子爵が並んで座っていたあたりに俺は腰掛《こしか》ける。背もたれに体重を預け、しばし瞑目《めいもく》していると、入り口の扉が開く音がし、慌《あわ》てて姿勢を立て直した。

「貴様か」

「ヘンリック皇子、お疲《つか》れですかな?」

「ふん、この程度造作もない」

意外に目敏《めざと》いのか、アレオンは俺の疲労《ひろう》を瞬時に読み取った。あるいは純粋《じゅんすい》な心配の言葉かもしれない。アレオンは気遣《きづか》わしげに眉根《まゆね》を下げている。

「まず言っておかねばならないことがあります。皇子はこちらが全く手を差し伸《の》べなかったにも拘《かか》わらず、さまざまな問題の解決に尽力《じんりょく》してくださった。大公家当主として、心より御礼《おんれい》申し上げる」

「帝国《ていこく》の皇子として、一度決めたことは曲げたくなかった。ただそれだけだ」

ヘンリックの性格も大きく影響しているが、あれだけ好戦的な態度を見せて何も出来なかったでは格好がつかない。正直なところ成功する確証などはなく、常にどこか不安を抱えながら日々を過ごしていた。結果的に紆余曲折《うよきょくせつ》を経《へ》つつも概《おおむ》ね良い結果に結びつき、こうして貴族らの信用をある程度勝ち得るに至ったが、運に助けられた部分も多い。

「流石は旧帝室《ていしつ》の英才教育を受けてきただけある、と申すべきでしょうかな」

「下手な称賛はやめろ。気色が悪い」

「おっと。これは失礼しましたな」

「そもそもこれは俺だけの功績ではない。部下がよく働いたからだ。俺が側に置いているのだから当然の話だが」

珍《めずら》しく、俺が思っていたことをそのまま伝えられた気がする。もっとも、余計な一言こそ付いているが。

「ほう。皇子がそのように仰られるとは驚きましたな。いや、失礼。皇子にとって下の者はあくまで手駒に過ぎず、決して信用はしないのだとばかり思っておりました。しかしその認識、改めなければなりませんな」

自分でも驚いていた。普段《ふだん》この口から出てくるのは、他者を褒める言葉であっても、どこか嫌《いや》みたらしく、百分の一に希釈《きしやく》した上で、大量の棘《とげ》を生やしたような言葉ばかりだったからだ。強がって自分一人の成果と言い張るのではなく、家臣を頼《たよ》ったことを素直《すなお》にこの口が認めたのである。

ただ今回はヘンリックの変化というより、打算的な思考でアレオンから多少であっても好感を持ってもらえた方が、良いと判断したまでだ。ヘンリックは大公家当主であるアレオンを旗頭《はたがしら》に据え、帝国奪還《ていこくだっかん》の駒《こま》に仕立て上げようとしている。だからこそアレオンの信頼を得て、自分の意見が可能な限り通る方が都合がいいのだ。

最初は宮籐稔侍《くどうねんじ》としての思考との大きな乖離《かいり》に戸惑ったこともあったが、今となっては概ね適応した感がある。ヘンリックの人格と直接話すことはできないが、同じ身体を共有している以上ヘンリックの苛烈《かれつ》な思考が、稔侍としての思想に影響を及《およ》ぼしている。そのため俺がこの世界で生きていく上で、帝国の奪還《だつかん》という宿志は根強いものになっており、他人事《ひとごと》では決して無くなっている。

「それよりも、俺に何か用があるのだろうが」

バツが悪くなって、俺は話題の転換《てんかん》を試みる。

「……察しが良いですな」

俺は初めからアレオンのソワソワした様子を感じ取っていた。

「話せ。聞いてやる」

「我が国に蔓延《はびこ》る根深い社会問題、その解決策をご一考頂きたい」

「社会問題か。そんなのはいくらでもあるがな。貴様は何が一番問題だと見ている？」

「主要産業である銀山で働く労働者の寿命《じゆみよう》が異様に低いのです。三十を過ぎると体調を崩《くず》す者が続発します」

「まあ働《はたら》き盛《ざか》りの男が次々と倒《たお》れていっては死活問題だろうな」

「原因が不明、というほどではないのです。銀山の環境《かんきよう》が影響しているのは理解しています。過酷《かこく》な労働により肉体的な消耗《しようもう》が激しいことは言うまでもありません。暗い環境が陰《いん》鬱《うつ》な気分を誘発《ゆうはつ》し、精神的な病に繋がっているとも言われております。ただこれらは今になって浮き彫《ぼ》りになったことではなく、銀山が見つかって以来根深い問題となっています」

「現時点でどんな対策をしている？」

「他にも肉体的な負担を軽減するため、一日の労働時間を削減《さくげん》してはみたのですが、ほとんど意味をなさず……」

「根本の原因は労働時間ではない。全く無関係、というわけではないが、やったところでさしたる意味はない」

「……なぜそう言い切れるのですかな？」

「貴様は坑道《こうどう》に入ったことがあるか？」

「……ありませんな」

「鉱山には大量の煙《けむり》が舞っている。これについてはさすがに有害だと自覚しているからか、通気孔《つうきこう》を設けて逃《のが》しているようだし、坑道内に空気を循環《じゅんかん》させる道具や仕掛《しか》けを設けているのも把握《はあく》している。だが本来、坑道には目に見えない微細《びさい》な粉も大量に舞っている。煙を逃したり、空気を循環させるだけでは、これを防ぐことはできない」

「……目に見えない粉、そんなものが人体を蝕《むしば》んでいたと？」

「そう。銀山労働者の寿命が短い要因は、それが時間をかけて肺に蓄積《ちくせき》することで病気を発症《はっしょう》しているからだ」

職業病である塵肺《じんはい》は、初期段階で症状《しょうじょう》や兆候が現れることはなく、気づいた時には病状が進行しているケースが多いという。

「一旦発症《いったんはっしょう》すると完治は無い病気だ。そうなると予防が不可欠になる。有効なのは布で口と鼻を覆《おお》う対処法だろうが、常に鼻と口を塞《ふさ》いでいれば息苦しくなるから、外している者も多かったはずだ」

危険性も伝えず、自主的な装着を促《うなが》すだけでは効果は薄《うす》い。粉塵《ふんじん》を防ぐためには常に防《ぼう》塵《じん》マスクを着用することが必須《ひっす》になってくる。

「……常に装着することを義務化し、周知徹底《てってい》を行わなければなりませんな」

石見《いわみ》銀山ではマスクに梅干しを挿《こ》れ込むことで、粉塵や油煙《ゆえん》を防ぐ役目を果たしていたと聞いたことがある。あいにく梅干しはないが、梅に類する酸味の強い果物の存在はヘンリックの記憶《きおく》から確認《かくにん》済みだ。使えるものはなんだって使う。

梅干しは戦争でも使えるものだ。野戦兵糧《ひょうろう》として長い保存が利《き》くし、見るだけでも唾液《だえき》分泌《ぶんぴつ》を促進《そくしん》させる効果があるため脱水《だっすい》を未然に防ぎ、摂取《せっしゅ》すれば栄養も手早く体内に入れることができる。特に籠城《ろうじょう》戦では役立つだろう。

傷の消毒や伝染病《でんせんびょう》の対策にも役立つらしいから、まさに万能《ばんのう》な食材である。

「ただ口と鼻を覆ったところで完全に防げるわけではない。体調を崩したり、亡《な》くなった場合に備えることも必要になる」

「治療費《ちりょうひ》を補償《ほしょう》する、ということですかな？」

「それだけでは不十分だ。見舞金《みまいきん》の給付や、遺族の養育費の補填《ほてん》も必要だろうな」

「しかし銀山労働者に対する給金は今の時点でもかなり高い水準にあります。これ以上資金を捻出《ねんしゅつ》するというのは、非現実的かと」

「そもそもその現状がおかしいとどうして気づかない。本来この国の財政はもっと余裕《よゆう》があって然《しか》るべきだ」

単純な税収の少なさ、属国だからと銀を上納させられたり、足元を見られて食糧を相場より高い金額で買わされること、孤児院《こじいん》の運営費用などなど、挙げればキリがない。

「……財政については財務担当の者に任せておりました。あまりにも無責任だったと痛感するばかりです」

アレオンは歯噛《はが》みして視線を落とす。財務担当というのはアレオンが盲目的《もうもくてき》になるほど信頼し、権力が強い人間なのだろう。アレオンには申し訳ないが、その財務を担当している人間に問題があるのは明白だ。

「皇子には財務関係の人間と大公家の人間にしか見ることができない帳簿《ちょうぼ》をお見せしましょう。恥《は》ずかしながら、私には帳簿を見てもどこに問題があるのかさっぱり分かりません。願わくば、皇子に財政改善の策を授《さず》けていただきたい」

アレオンは自らの立場を弁《わきま》えず躊躇《ためら》いなく頭《こうべ》を垂れる。その声は懇願《こんがん》するような色を帯びていた。

「ふん。俺に頼らなければならない自分の未熟さを恥じることだな」

反論できないと分かっていて、攻撃的《こうげきてき》な言葉を吐《は》いてしまう。せっかく僅かにでも好印象を与《あた》えられたというのに、一瞬でふいにしてしまった気がする。本当に不便で面倒《めんどう》な口だな、と深いため息を吐きたくなった。決して安請《やすう》け合いできるような案件ではないが、今見えているだけでいくつも課題がある。まずはそれから取り掛《か》かるとしよう。

◆

子爵院の翌日から、多くの相談が舞い込むようになった。大半が士爵家や男爵家《だんしゃくけ》といったいわゆる下級貴族と言われる者たちであり、一つ一つに軽く目を通すと、深刻な課題も散見された。ただ、大公家に連なる家系や実力者に与えられる子爵の爵位《しゃくい》を持つ者は、上級貴族という矜持《きょうじ》があるためか、俺を頼ってくるようなことは今のところない。

俺は成果を公表する場として、大半の貴族が一堂に会する子爵院を選んだ。公表というのは少々語弊《ごへい》があるが、この日にエルドリア城に詰《つ》める官僚たちに情報が行くよう意図的に仕向けたのだ。それまでは関係者の口を可能な限り封《ふう》じ、解禁と同時に貴族の耳に入るよう狙《ねら》った。子爵院という場が効果的なのは言わずもがなで、成果を小出しにするよりも一気に「放出」した方がインパクトは大きい。貴族たちの目にもそれはそれは鮮《あざ》やかに映ったことだろう。ただあまりに鮮やかすぎて、下級貴族の羨望《せんぼう》を集めすぎてしまったかもしれない。俺に困り事を相談すれば解決してくれる、そんな期待が膨《ふく》らみすぎた。

正直、キャパオーバーが過ぎる。だから全部一人で処理するのはハナから諦《あきら》めた。そこで解決難易度毎《ごと》、三段階にシャロンが仕分け、一番難度が高いもの、もしくはシャロンが俺に意見を仰《あお》ぐべきと判断したものを俺に回してもらう形とした。その中で大公家の直轄《ちょっかつ》領《りょう》に関するもの、すなわち官僚から寄せられた相談を優先的に処理している。

ただ、シャロンが優秀《ゆうしゅう》すぎるため、大抵《たいてい》の案件を自分で片付けてしまう。だから基本的に俺は本来の仕事に専念することはできたのだが、仕事が増えてもきっちりこなすあたり、頼もしいとしか言い様がない。

おまけにシャロンは自分の手柄《てがら》をあろうことか放棄《ほうき》し、俺に全て渡そうとしてきた。「部下の手柄を横取りするような器の小さい人間に落ちぶれたつもりはない」と言うと、「私の名声が上がるより殿下の名声が上がった方が総合的な利得が大きいので」ととりつく島もなかった。

今回の実績が働いて、貴族たちは俺のことをだいぶ信用したはずだ。俺は狙い通りの状況にほくそ笑《え》む。

「殿下、今お時間よろしいでしょうか。孤児院の件でお伝えしたいことがございます」

「事態に進展があったか？」

「はい。まずは他の孤児院がどんな状況なのか、まとめてまいりました。こちらをご覧ください」

そう言って、シャロンは分厚い冊子を手渡《てわた》してくる。最初に中層街の孤児院を訪問してから、シャロンは仕事の傍《かたわ》ら証拠《しょうこ》集めに奔走していた。

ただ他の孤児院に不用意に接触《せっしょく》すれば、かえってこちらの動きが露見《ろけん》するリスクを高めてしまう。そのため、尻尾《しっぽ》を出すまでは極力他の孤児院への接触は避け、情報収集に徹《てっ》していた。冊子の中身は、国内にある全ての孤児院とその院長について情報がまとめられていた。

「公都以外の孤児院では、ある時期を境に院長が全員解任され、新たに任命されたのは過去の不正や犯罪に加担しながら処罰《しょばつ》を逃れた者ばかりでした。更迭《こうてつ》は秘密裏《ひみつり》に行われ、院長は前任者と同じ名前を名乗らされていたようです」

「逆らえば牢獄《ろうごく》に入れられる、そうなれば言うことを聞かざるを得ないな」

犯罪者や不正をするような人間が院長を務めているというのも看過できない。人を育てるという責務を負っている職業なのだから。

「公都以外の孤児院は孤児が売り飛ばされているのみならず、明らかに経済状況《じょうきょう》が悪く補助金が適切に運用されているとは思えませんでした」

「やはり横領も起きていたか」

「孤児院の運営に投じられる補助金に不満を抱《いだ》く貴族による仕業《しわざ》でしょうか？」

孤児の養成には、初代大公の方針で長年力を入れられている。手厚く保護する事で大公家に対する忠誠心を育み、絶対に裏切らない人材としての育成を試みてきたのだ。孤児院といっても孤児のみならず困窮《こんきゅう》家庭の子供も受け入れており、だからこそこの国には他の国よりもはるかに多い数の孤児院が存在している。

しかし運営には決して少なくない資金が割り当てられており、補助金の撤廃《てっぱい》を一部の貴族が唱えながらも、初代大公が一貫して減額すらも一切《いっさい》認めず、また自分の死後も維持《いじ》するよう遺言《ゆいごん》として伝えていたことを背景に、今でもその水準が維持されている。初代大公を神聖視する者も少なくないこの国で、それを破って提言するだけでも、顰蹙《ひんしゅく》を買い信望を欠くことに繋がり、自身の立場を弱くしてしまう。そのため、今では暗黙《あんもく》の了解《りょうかい》として触《ふ》れる貴族はいなくなった。

とはいえ、その補助金が財政の圧迫《あっぱく》を助長しているのは揺《ゆ》るぎない事実である。

「不満を抱くのは理解できるが、補助金はまだしも孤児を要求する必要はないだろうが」

「今の時点で理由を量るのは難しいですが、一つ、公都の孤児院に限っては院長が据《す》え置かれていることが気になります」

「妙《みょう》な話だ。何か事情があるとしか思えんな」

「そしてもう一つ、ヘレナ院長から連絡《れんらく》がありました」

俺が最初に訪《おとず》れた中層街の孤児院の院長はヘレナという名前だった。大公家の使者を名乗る者に用件を告げられる時には、ある廃屋《はいおく》に呼び出されているらしい。だが痕跡《こんせき》を極力残さないよう、最低限の接触に留《とど》めていたようで、今までは全く動きがなかった。

「ようやくか。くれぐれも姿を見られないように注意を払《はら》え。見られれば全てが無意味になる」

大公家の使者を名乗る人物の後を追うこと。これが真実に到達《とうたつ》するための一番の近道だった。

「はい。肝《きも》に銘《めい》じております」

深くお辞儀をし、シャロンは踵《きびす》を返す。ただでさえ雪崩《なだ》れ込んでくる仕事の処理で忙《いそが》しいはずなのに、本来の使用人業務だけでなく、出張の実地調査すら押《お》し付けてしまっている。ブラック企業《きぎょう》も涙目《なみだめ》の労働環境ではないだろうか。だが俺が行っても威圧的《いあってき》な態度をとって怖がらせるだけだし、必要な情報の収集にも支障を来《きた》すだろうし、仕方ないだろう。

それにしても……。

「なぜ公都の孤児院だけ院長を更迭していない？」

俺は静かになった執務室《しつむしつ》で独りごつ。不正を露見させないために自らの息がかかった人間を置くのは理解できる。にも拘わらず公都では人質を取ることで言うことを聞かせている。

「更迭に不都合な事情があった……？」

そこで、ふとアルシアナの姿が思い浮かぶ。

俺が以前孤児院を訪れた時、アルシアナはなぜあの場所にいたのか。

彼女《かのじょ》は常日頃《つねひごろ》から、中層街に顔を出しては悪を成敗したり、困り事には膝《ひざ》をついて親身になる。そんな彼女が、孤児院に顔を出すのは自然の摂理《せつり》だ。孤児院は彼女にとっておそらく、「困っている」「苦しんでいる」人の代名詞になっているだろうから。

正義を標榜《ひょうぼう》する彼女は、不正に手を染める人間にとって邪魔《じゃま》なのだろう。顔馴染《かおなじ》みの院長を一斉《いっせい》に更迭するようなことがあれば、アルシアナも流石《さすが》に勘付《かんづ》く。

孤児院の経済状況の変化も、頻繁《ひんぱん》に足を運ぶアルシアナならば気づくだろう。食事の質や教育の質、孤児たちの表情、孤児院の空気。マイナスな変化をアルシアナが見逃すとも思えない。だがアルシアナの目があるはずの公都でも同様に院長を脅《おど》しているとなれば、孤児にそれだけの価値があると見ているとしか思えない。

その理由は一体なんだ？

ひとまずはシャロンの報告を待つべきだろう。俺はシャロンがいない間に滞《とどこお》っている仕事に手をつける。俺がこんなことをしなくても、シャロンならば何の支障もないのだろうが、今は無性《むしょう》に仕事に没頭《ぼっとう》したい気分だった。そうして書類の山に向き合ってから、どれくらいが経っただろうか。カーテンを開くのも億劫《おっくう》で、机に顔だけを突《つ》っ伏《ぷ》していると、突然執務室《とつぜんしつむしつ》の扉がノックされた。途端《とたん》に目が覚めて、俺は姿勢を正す。

「殿下《でんか》、遅《おそ》くなって申し訳ありません。寝室《しんしつ》の様子を窺《うかが》ったのですがいらっしゃらないようでしたので、どこかと思えばまだこちらにおられたのですね」

シャロンの言葉に疑問を抱いた俺は、カーテンを開いて窓の外を見る。鮮やかな橙色《だいだいいろ》が水平線から徐々《じょじょ》に昇《のぼ》り、闇夜《やみよ》を侵食《しんしょく》しつつあった。一晩が経過したことに全く気づけないくらい、俺は没頭していたようだ。

「こんな時間まで仕事をなさっていたのですか？」

「ふん、早く目が覚めただけだ」

「目の下にクマができてらっしゃいますよ。夜通し書類と睨《にら》み合っていては、お身体に障《さわ》ります」

嘘《うそ》が一瞬《いっしゅん》で看破される。俺は反射的に視線を逸《そ》らした。

「って、それは私がやるはずの仕事ではありませんか」

俺の手元を見て、シャロンは仄《ほの》かに取り乱す。

「暇《ひま》だったからやっただけだ」

「暇だからと夜なべするのはおかしいです」

「別に俺が何をしようが勝手だろうが」

「いいえ、殿下にご負担をおかけしてしまっては、使用人としての顔が立ちません」

「ふん。良い心がけだが、貴様に過労で倒れられでもしたら仕事の進捗《しんちょく》が滞る。それは困るんだよ」

「ご心配には及びません。私は魔法《まほう》を使えるおかげなのか、人より長く活動できるんです。それこそ、一週間くらいなら全く寝《ね》ずとも効率を落とさず仕事を出来ると思います」

疲れが一切見えないと思ったが、魔法にはそんな恩恵《おんけい》があるのか。回復魔法という唯一《ゆいいつ》無二《むに》の才能を持っているシャロンだからこそ出来る芸当なのかもしれない。

「もう少し早く帰ってきたかったのですが、ヘレナ院長と接触した男の後をつけていると、わざわざ遠回りをしたり、不意に酒場に入っては時間を潰《つぶ》したり、変装をしたりと、尾行《びこう》を相当警戒《けいかい》されている様子でしたので、気づいたらこんな時間になってしまいました」

「気付かれてはいないんだろうな」

「それは心配ありません。尾行の心得がありますので」

尾行の心得ってなんだ。そもそも一介《いっかい》の使用人が尾行スキルを習得して何になるのか。いや、現に今役に立ったわけだが。

「それで、どうだった」

「大公家の使者は一旦《いったん》自宅に帰ってから、深夜の寝静《ねしず》まった頃《ころ》に家を出て、とある貴族の屋敷《やしき》に入って行きました」

「その貴族とは誰《だれ》だ」

「クレンテ・ローガン男爵です」

「思ったよりも小物だな」

クレンテは小さな街を治める領主に過ぎない。そんな男爵が上級貴族との結託《けったく》無しに孤児院の補助金を横領できるほどの権力を持っているとも思えない。

「誰と繋がっているか、徹底的《てっていてき》に洗い出すぞ」

「承知しました。でもとりあえず殿下は休んでください。今の様子だとまた時間を忘れて没頭してしまいそうですので」

「ああ」

こういう時、ヘンリックは強がりそうなものだが、疲労のせいか進言を素直に受け入れる。自室に戻《もど》りベッドに入った途端、瞼《まぶた》が一瞬で垂れてきた。絶えず頭を使っていたから、相当疲労が溜《た》まっていたようだ。睡魔《すいま》に身を委ね、俺は微睡《まどろ》みに沈んでいった。

◆

俺は次回の子爵院に照準を据え、更《さら》なる証拠集めに奔走する。俺がこの国にやってきてから十ヶ月が経ち、七の月《ムイール》を迎《むか》えていた。時が過ぎるのはあっという間だと実感する。子爵院当日を迎え、俺はアレオンと共にエルドリア城の廊下《ろうか》を歩いていた。前回から今日までの期間で様々な問題を解決した手腕《しゅわん》を讃《たた》えられ、今回から子爵院への出席を正式に認められたのだ。またこの日までに砂糖の生産も一気に進み、国外ではとりわけ高価で取引されている。それによって大きな収入が加わった。窓の外に広がる空はどんよりと曇《くも》っていて、外気温はこの時季には珍しく冬場と遜色《そんしょく》ない程《ほど》に冷《ひ》え込んでいるようだった。

アレオンが議会の漆黒《しっこく》の重厚な扉を押す。すでに貴族たちは全員が着席しており、こちらに視線を向けていた。深緋《こきひ》に染められたカーペットを、内心の緊張を隠《かく》すようにして握《にぎ》り拳《こぶし》を作りながら歩く。アレオンが定位置の議長席につくと、俺はその隣に腰を据えた。

全員がいることを確認し、司会役の官僚が開会の口上とともに議論へと誘導《ゆうどう》していく。

今回の議会はかなりの盛り上がりを見せていた。中にはこの場で俺に礼の言葉を述べる人間もおり、貴族から一定以上の信用を得られたことを実感することができた。

だが、この空気は俺が破壊《はかい》する。苦労して得た信用を無に帰する可能性、それを考えては手に汗が滲むばかりだった。そして議論も煮詰《につ》まってきた頃合《ころあ》いを見計らい、アレオンが全体を見回しながら閉会の言葉を告げようとする。俺はそれに待ったをかけた。

「おお、皇子。いかがなさいましたかな？」

「一つこの場で話しておきたい事案がある」

俺は背筋を伸ばし、全体を見渡《みわた》しながら粛々《しゆくしゆく》と告げる。その真面目《まじめ》な声音《こわね》に、ニコニコと微笑《ほほえ》んでいたアレオンの顔が少しばかり曇った。

「事案？」

「この国の財政は本来余裕があって然るべきだ。俺の講じた施策《しさく》を契機《けいき》に持ち直してはいるが、根本的な解決には至っていない。この国で不正が横行していることが原因の一つになっている」

「不正⁉」

アレオンは思いもよらぬ単語に喫驚《きっきょう》する。

「中でも孤児院周りの不正は看過できない。さて、この中で心当たりがある者はいるか？」

俺《おれ》は不正の首謀者《しゅぼうしゃ》を視界の隅《すみ》で確認するも、怪《あや》しい動きは見せなかった。それどころか仏頂面《ぶっちょうづら》を保ったまま他人事のように振《ふ》る舞っている。

「まあここで罪を自白するような者は余程《よほど》の小心者だろう。ここで一切の反応を見せていないあたり、図太いと褒《ほ》めざるを得ないがな。なあ、キプレア・ルドワール卿よ」

俺は名指ししながら今度はしっかりとその双眸《そうぼう》を見つめる。

クレンテとの繋《つな》がりを洗い出し、最終的に被疑者《ひぎしゃ》となったのが財務長官のキプレア・ルドワールだった。ルドワールの庶弟に、クレンテ・ローガンの娘《むすめ》が嫁《とつ》いでいるのだ。バックについているのが財務長官ならば、これほどの不正を一切疑われることなく行えるのも納得《なっとく》だ。ただ、血縁《けつえん》関係だけを挙げて不正を主導していると言い切るのは無理がある。

だから俺は今日のために、証拠の収集に努めてきた。

「そんな疑いを掛けられるとは大変心外だよ。そもそもどんな不正なのかすら見当もつかないくらいさ。私は孤児院に寄付だってしているのだよ」

これでもなお、ルドワールの瞳《ひとみ》は揺れ動きすらしない。用意周到《よういしゅうとう》な情報収集を経ていなければ、俺は自分自身の結論に疑問を抱いていただろう。この演技力があってこそ、長年不正を隠し通せてきたのだ。

「そ、そうですぞ、皇子。それは確たる証拠があっての言葉なのですかな？」

逆にアレオンが急に冷え切った空気を受けて狼狽《ろうばい》していた。

議会は騒然として、俺を糾弾《きゅうだん》する声も聞こえる。ルドワール子爵《ししゃく》はこれまで、清廉潔白な振る舞いを人前では絶対に崩さなかった。しかし本質は全くの逆。演技力の高さゆえに、その本質が漏れることは一切なかった。

「当たり前だろうが。まあ言葉だけで信じろというのも無理な話だ。証拠をこれから提示していく。その態度をいつまで貫けるか見ものだな。中層街七番区ウレディア商会の御曹《おんぞう》司《し》、これを聞いて何か思うところはあるか？」

ウレディア商会は公都有数の商会だが、その御曹司がルドワールの不正に加担していたのだ。

「初めて聞いた名前だね」

「下手な芝居《しばい》はやめたらどうだ。そいつは思ったより小者でな。最初は威勢《いせい》も良かったんだが、俺が帝国の皇子だと知るや否《いな》や、ビビり上がって洗いざらいぶちまけてくれたよ」

脅しには脅しを、だ。俺はこれ以上ルドワール子爵に加担すれば、容赦《ようしゃ》はしないと告げた。公都でコタツや石鹸《せっけん》といった製品を売り出したり、エールの生産拡大などを主導していたことが知られ、特に商会の界隈《かいわい》では俺の名前が轟《とどろ》いていたらしい。商会の代表である父親が、新しく開拓《かいたく》されている帝国との商売ルートに多額の投資を行っており、帝国の皇子に逆らってもし打ち切られるようなことがあれば、その御曹司は大目玉では済まない。結局のところ、ルドワールよりも事が父親に露見する方が余程《よほど》怖《こわ》かったわけだ。

おかげで、御曹司は俺に従順な姿勢を示した。

「貴様は銀山で発掘《はっくつ》された資源を懐《ふところ》に入れ、王国に横流しをしていたようだな」

俺は銀山の統括《とうかつ》責任者の下を尋《たず》ね、根《ね》掘《ほ》り葉《は》掘《ほ》り聞いてきた。俺が貴族、それも帝国の皇子だと知ると、あからさまに動揺《どうよう》を見せる。ただ身分が高いというだけではありえないほどの動揺が露《あら》わになっており、俺は怪しいと確信した。

「そもそも王国に横流しとは、私の利があまりに薄くはないだろうか」

王国からどのような条件を持ちかけられたのかは知らない。相当な見返りがあったはずだ。銀の採掘量《さいくつりょう》とはいくらでも改竄《かいざん》できるものであり、ルドワールにとってもさほどリスクの高いものではなかったのかもしれない。

「銀の横領は認めるということか？」

真っ先に否定するのではなく、利益、不利益に焦点《しょうてん》を持っていった。小さい隙《すき》だが、突かぬ手はない。ただ、これもルドワールは飄々《ひょうひょう》と躱《かわ》す。

「認めてなどないさ。そんなことはありえぬと申しているまで。皆々《みなみな》、誰の証言でもない皇子の戯言《たわごと》を信じていけないよ」

「誰かの証言であれば皆は納得するというのだな？」

俺は全員に向けて確認するように言い放つ。頷きも首を横に振りもしなかったが、空気はそれならば……という空気に移り変わっていく。

「ならば証人を召喚《しょうかん》しよう。クレンテ・ローガン。前で話してもらおうか」

俺の呼びかけに、やや動きがぎこちないクレンテが腕《うで》と足を同時に前へ出しながら壇上《だんじょう》へ上がる。ルドワールにとっては相当予想外の登場だったはずだ。

俺はあれからクレンテの懐柔《かいじゅう》に動いた。帝国の皇子という肩書《かたがき》は有効に働いたが、それだけで味方するほど甘くはなかった。そこで俺は得意の脅しでクレンテを説《と》き伏《ふ》せた。

『俺に協力しないのならば、貴様だけを晒しあげる。貴様がルドワール子爵の責任を追及しても、誰も信じないだろうし、奴《やつ》は当然知らぬ存ぜぬを貫き通す。そうなれば貴様はもう終わりだ』と。

クレンテとて、命令されてそれを実行した身であり、自分に全ての責任をなすりつけられるのは避《さ》けたかった。俺はこの国に来てからいくつもの劇的な成果をあげ、また問題や困り事の解決に力を貸したことで、貴族たちから少々のことでは崩れぬ信用を得た。否定するクレンテの言葉よりも、証拠で固めた俺の証言の方が信憑性《しんぴょうせい》が高いと誰もが取るはずだとクレンテ自身も理解していただろう。

「私、クレンテ・ローガンはルドワール財務長官の命で銀の横流しを行っていました。それだけではなく、孤児院《こじいん》から補助金を吸い上げたり、孤児の引き渡《わた》しを迫《せま》り、他国への売り飛ばしにも加担しておりました」

「なぜルドワールに協力した？」

「近い将来王国と戦争になると煽《あお》られ、自分の身を守るためには協力しろと」

王国と大公国の対立が存在する今、王国の侵攻《しんこう》で大公国が消滅《しょうめつ》に追い込まれる可能性は小さくない。相応の身分を確約するような保証が、王国から提示されていたのだろう。

「その懸念《けねん》は間違《まちが》っていない。王国がいつ攻め寄《せ》せるか分からないのは事実だ。ここで勇気を出して自白した貴様の罪は不問とする」

クレンテは一度深く頭を下げ、自分の席へと戻っていく。事前に示し合わせていたため、クレンテはさほどホッとした様子ではなく、未《いま》だ表情は硬《かた》い。

「ローガン卿《きょう》、私を嵌《は》めようとその皇子と結託でもしているのかな？　脅されているのだろう？　でも無理もないさ。強大な帝国からやってきた皇子に脅されでもしたら、君一人では逆らえるはずもない。皆もそうは思わないかい？」

ルドワールは議会の空気を瞬時《しゅんじ》に塗《ぬ》り替《か》えていく。やはり人望の厚さは並大抵《なみたいてい》のものではない。

「ふん。脅しているのは貴様だろうが。俺がクレンテに辿《たど》り着けたのは、一つの孤児院の院長から自分の子供を人質《ひとじち》に取られたと告白されたからだ」

公都の孤児院への寄付は自分が関与《かんよ》していないと思わせるためのカモフラージュに過ぎない。孤児院の院長もまさか背後にルドワールがいたとは思わない。

「……」

ルドワールの表情に変化はないが、僅《わず》かに眉《まゆ》がピクリと動く。

「貴様は院長の家族を人質に取り、脅して言うことを聞かせていた。家族の安全を保障する代わりに孤児院の子供の引き渡しを、しかも優先的に女の孤児を要求している。そしてその孤児をあろうことか他国に高値で売り飛ばしていた。大公家の所有物であるはずの孤児を勝手に売り飛ばすなど、許されざる行いだ」

地理的な理由から、孤児はシャロンのように魔法が使えるラプト族の末裔《まつえい》である可能性が他よりもかなり高いため、エクドールの子供は高く売れるのだ。更に女となればその価値は跳《は》ね上がる。しかし、ラプト族は少数民族であるため、これは博打《ばくち》に近い商売になる。

もっとも、ラプト族に目に見える特徴《とくちょう》はなく、末裔と判別するための手段は、実際に魔が多い。魔法は個人差はあるものの十五歳《さい》前後で発現することが多い。魔法が発現した子供は大公家の保護対象になるため、それが明らかになる前の十三歳という少し早い段階で売り飛ばされるのだ。万が一にでも、もし買った孤児が魔法を使えるとなれば、金銭では測れない程の価値を生み、家格をも大きく押し上げる。それだけの価値を秘《ひ》めているというわけだ。だから貴族は挙《こぞ》ってエクドールの子供を高値で引き取っていた。

これによってルドワールは多大な財を得ていた。この国では人身売買は固く禁じられているため、孤児院の孤児でなくとも有罪である。

「まったく、ひどい言いがかりだね」

ルドワールは呆《あき》れたように肩《かた》を竦《すく》める。

「それだけではない。公都以外の孤児院に至っては院長が全員更迭され、代わって院長に据えられたのは、過去に罪を犯《おか》した者や不正に関与した者ばかり。虜囚《りょしゅう》の身から解放する代わりに言うことを聞かせていたのだろう？　さらに大公国から孤児院にいく補助金の五割返還《へんかん》を要求していた」

クレンテ・ローガンを味方につけたことで、不正の全貌《ぜんぼう》が明らかになった。ルドワールは、公都以外の孤児院から吸い上げた補助金を寄付という名目で公都の孤児院に流していたのだ。自らの懐を痛めず、名声を上げる。守銭奴ゆえのあくどい手法だった。孤児院に頻繁に訪れるアルシアナの信頼を得るという狙いもあっただろうし、実際にそれを達成している。

「公都の孤児院で院長を更迭せず、補助金の横領も控《ひか》えていたのは、公女がよく訪れていたからだ。違《ちが》うか？」

「あまりに荒唐無稽《こうとうむけい》な妄想《もうそう》だね」

「孤児の引き渡し要求も、補助金の横領も、始まったのはいずれも三年前の話だ。その時期は丁度、貴様が財務長官に就任した時期とも重なっている。これは偶然《ぐうぜん》か？」

「嫌《いや》な偶然と言わざるを得ないね。もしそれが仮に事実だとしても、私が関与した証明にはならないさ」

「とぼけるのはいい加減やめたらどうだ。国内全ての孤児院は大公家の管理下にあり、院長の任命権限は財務長官にある。証拠ならまだあるぞ。ある公都の孤児院には、面倒見《めんどうみ》が良く慕《した》われていた一人の女の孤児がいたそうだ。だが巣立って数年経っているというのに、孤児院に一度も顔を出さずにいたらしく、それに違和感《いわかん》を覚えた一人の孤児が、危機を察知してか失踪《しっそう》したと聞いた。その時、貴様はなぜか騎士団《きしだん》の一小隊を動かして捜索《そうさく》させた」

「それは失踪した子供を心配したからで、他意はないよ」

「ならばその子供はどこにいる？　言っておくが、巣立ったはずの女の孤児が国の機関に所属していないことは確認済みだ」

「……」

「万が一にも自分の所業を露見させないために、不穏分子《ふおん》を消したのだろう？　もはや貴様が一連の不正に関わっているのは明白だ。それでもシラを切り通すのなら、関わった全員をここに召喚したって別に構わないんだぞ」

それだけの証拠を、俺は掴《つか》んでいる。もはや盤面《ばんめん》を覆《くつがえ》すことは不可能だ。ルドワールは額に大粒《おおつぶ》の汗《あせ》を滲《にじ》ませ、歯を軋《きし》ませていた。

「ようやく焦《あせ》りが見えてきたな。ここにいる貴族たちも、貴様に疑念を抱いている。さて、弁明の一つや二つ、聞かせてもらおうか」

「それが事実だとしても、そこにいるクレンテが勝手にやったことさ」

「この期《ご》に及んで責任の転嫁《てんか》か。それではここにいる貴族たちの疑念を拭《ぬぐ》うことなど到底《とうてい》不可能だぞ」

品行方正な人間として名高かったルドワールが、他者に全責任をなすりつけるような言動をした。その事実は決して軽いものではない。

「ぐっ……」

ルドワールは明らかな動揺と共に声を詰まらせた。

「キプレア、本当にお主がやったと申すのか？」

これほどの証拠を提示しても、アレオンはまだ信じられないという様子だった。観念したのか。ルドワールは開き直ってアレオンを睨みつける。

「ふん、貴方《あなた》が帝国《ていこく》と結ぶなどという愚《おろ》かな真似《まね》をしなければ、永遠に知らずとも済んだものを」

しかし、まだ強気な姿勢は健在だった。最後の足掻《あが》きと見るべきか、まだ策があると見るべきか。

「ルドワール財務長官、もう観念しろ。お前はもう終わりだ」

「ふ、ふふ。終わりだと？　ふざけるな！」

わなわなと震《ふる》え、それでも反抗的《はんこうてき》な目を見せるキプレアに俺は呆れ返る。

「この者を捕《と》らえ、牢獄に入れよ！」

俺は独断で、部屋の隅で呆然《ぼうぜん》と様子を眺《なが》めている官僚《かんりょう》たちに告げる。だが顔を見合わせるばかりで動こうとしない。その隙に、激昂《げきこう》したルドワールが懐に忍《しの》ばせていた短剣《たんけん》で襲《おそ》いかかってくる。

「ロクに戦闘《せんとう》経験も積んでいない貴様の剣《けん》が届くはずもないだろうが」

俺は呆れながら、剣を握っている右腕《みぎうで》を瞬時に掴み、両足を引っ掛けて俯せに倒《たお》す。素《す》早《ばや》く羽《は》交《が》い締《じ》めにすると、すぐに大人しくなった。

「いいか、よく聞け！　俺は不正を絶対に許さない」

この場にいる全員の目がこちらを向く。

「今後、不正に関与した者は容赦なく切り捨てる。この国はいずれ王国の侵攻という危機に直面することになるだろう。その足枷《あしかせ》となるような不穏分子は取り除かねばならない」

俺は顔を引き攣《つ》らせたまま固まっている面々を見て、自分はさっさと退散するのが吉《きち》だと判断し、アレオンに背中を向けながら冷たい声を投げかける。

「アレオン、こいつの処遇《しょぐう》は貴様に任せる。甘《あま》い処遇は自らの首を絞《し》めると理解しろ」

「……必ずや厳しい処罰を下しましょう」

アレオンの表情は暗い。財務長官として重用していた人間が長い間不正に手を染めていたとなればショックは大きいはずだ。まだもう一波乱あるはずだが、今日くらいはもう休みたい。自室に戻ると、静寂《せいじゃく》が全身を支配し、断続的に襲ってくる耳鳴りに顔を歪《ゆが》めた。

今日の議会を含《ふく》め、ずっと気を張り詰めていたことで疲《つか》れがドッと出てくるのを感じる。ベッドに身を預け、枕《まくら》に顔を埋《うず》めてしばらく。疲れていても眠《ねむ》れないのは、まだ心臓の高鳴りが治らないから。正義の心を胸に自身を全《まっと》うしたつもりはあっても、一人の人生を閉

ざす主因を担《にな》ったことに変わりはない。死刑執行《しけいしっこう》のボタンを押す人間は普段《ふだん》からこんな気持ちと戦っているのだろうか、などと尊敬の念すらも抱いていると、扉《とびら》の前に人が立っているのを察知する。感覚が過敏《かびん》になっているのだろうか。普段ならこんなことに気づくはずがない。

ずっと立ったままいられては困るので、気だるい身体に鞭《むち》を打ち、俺は扉の外に向かって声をかける。

「そんなところに突っ立って何の用だ？」

「お疲れかと思い、入っていいものか逡巡《しゅんじゅん》しておりました」

「余計な気遣《きづか》いだ」

「では失礼します」

シャロンは小さくお辞儀《じぎ》して、中に入る。閉まっていたカーテンを開くと、ちょうど夕《ゆう》陽《ひ》が部屋に差し込んで、思わず片目を閉じた。俺が隅にある椅子《いす》に腰掛《こしか》けると、少し離《はな》れたところでシャロンは姿勢良く立っていた。

「子爵院はつつがなく終わった。全て予定通りだ」

「大丈夫《だいじょうぶ》ですか？」

俺の何を見て、そんな言葉が出てきたのだろうか。お疲れ様です、でも、それは良かったです、でも、安心しました、でもない。

「何も問題はなかった。心配されるまでもない」

「いいえ、違います。私が心配しているのは、殿下自身のことです。殿下は自分がどう見られようと構わないとお思いかもしれません。それが殿下自身の評判を落とすことでも、多くの人にとって益となることなら、きっとためらいなく実行する」

「それこそ買い被《かぶ》りすぎだ。俺は俺のためにやっている。全ては打算の産物だ」

「殿下がそう仰《おっしゃ》るのは分かってます。私がここで何を言っても、決して立ち止まることはないのでしょう」

そう言いながら、シャロンは俺の手に自分の手を重ねてくる。

「……何の真似だ」

一瞬《いっしゅん》払《はら》い除《の》けようと思ったが、体重がかかっているわけでもないのに、俺の手はピクリとも動かない。母性に溢《あふ》れるシャロンの振る舞《ま》いに、心が鷲掴《わしつか》みされた感覚だった。

「私は殿下の全てを肯定《こうてい》します。理解できずとも、理解者として振る舞いましょう」

「……貴様は」

酔狂《すいきょう》、盲信《もうしん》者、どの言葉もその後に続く言葉に相応《ふさわ》しいとは思えなかった。シャロンの瞳がただひたすらに真《ま》っ直《す》ぐだったから。

「殿下の支えになれれば本望《ほんもう》です。後ずさる背中があれば、無理矢理《むりやり》にでも押して差し上げます。如何《いか》なる失敗が待ち受けていても、その度《たび》に私が慰《なぐさ》めて差し上げましょう」

「そんなものは要《い》らない」

否定したのは後半部分だけのつもりだ。シャロンもそれは理解したかもしれない。

俺も自分の策が本当に正しいのか、胸を張って言える自信はなかった。だから一人でも肯定してくれるのなら、地に足をつけて前に進める気がした。

今日の一件を受けてキプレア・ルドワールの息子《むすこ》は思い通り動くか。まずアレオンの賢《けん》明《めい》な判断が前提にはなるが、いずれにせよ気を引き締《し》めるとしよう。

「殿下はいつも、身体に力を入れすぎです。息の抜《ぬ》きどころを決めないといつか暴発しかねませんよ」

「それこそ余計なお世話だ。気など抜いていては格好の隙になるだけだ」

頑固《がんこ》な俺を見ても、シャロンは温良な笑みを浮《う》かべるばかり。なんだか見透《みす》かされているように思えて、余計に身が締まるように感じるばかりだった。

◆反乱貴族の成敗

数日後、俺はアレオンと改めて顔を合わせていた。ルドワール財務長官の不祥事《ふしょうじ》が発覚したことで、エルドリア城には混乱が巻き起こる。アレオンはその対応に追われており、ここ数日は息つく暇すらなかったようだ。

「奴を排除《はいじょ》するには、あのやり方が最適だった。他の貴族の目が無ければ、邪魔だから消した、そんな風に捉《とら》えられて当然だ。貴様に話して、更迭を進言したところで、貴様も俺に疑念を抱くし、貴族たちにとって良くは映らない」

俺は事前になんの相談もせず、子爵院で爆弾《ばくだん》を投下してしまったことについて弁明する。可能な限り事を露見させないため、事前の情報共有は必要最低限に留めていたのだ。

「……議会でのことを責めるつもりなどありません。むしろこの国に巣くう膿《うみ》を取り除けたこと、大公としては安堵《あんど》すべきなのでしょうな」

「貴様はそうやって割り切れるタマでも無いだろうが」

アレオンがルドワールに対して向けていた信頼とは並大抵のものではなかったはずだ。

演技力に騙《だま》されていたアレオンからしたら、簡単に受け入れられるような事実でもない。

だが、俺が重い処罰《しょばつ》をアレオンに促《うなが》した時にルドワールが向けた瞳は鈍色《にびいろ》に澱《よど》んで温度を失し、明白な憎悪《ぞうお》と軽蔑《けいべつ》を孕《はら》んでいた。あの目を見て、アレオンも本質を理解したことだろう。ただ実際、性格や思想を抜きにすれば、有能な男であるのは間違いない。国にとって痛手であることには異論を挟《はさ》む余地もなかった。

「これほどの不正を看過しては大公国のために骨を砕《くだ》いて働いてくれた者たちに示しがつかない。これは私がせねばなりませんでした」

「息子のリブレスタ・ルドワールは怒《いか》り心頭で、味方を募《つの》り徹底的にやり合う姿勢のようだな」

ルドワールの処断は俺がそうなるよう誘導したようなものだ。本来余所者《よそもの》に過ぎない俺があの場でそれを告げると角が立つから、アレオンに体良《ていよ》くなすりつけた。

「……味方をしたからといって、不正に手を染めた証拠《しょうこ》などない。気が重いものです」

「奴の不正は広範囲《こうはんい》に及《およ》び、組織的なものだ。この機会を逃《のが》せば、永遠に不穏分子は取り除けないぞ」

「頭ではわかっております。でも私の徳望が足りないために離れていったのかもしれない。弱みを握られているのかもしれない。そんな者たちと刃《やいば》を交えるなど、どうしても受け入れられないのです」

「そんなことを言っていてはキリがない。ここで敵対する人間が、本当に国のことを思っていると言えるのか？　不正に手を染めた貴族に味方する時点で、とうに一線を越《こ》えている」

「……おっしゃる通りですな」

「そもそも貴様の心情に拘《かか》わらず、俺はリブレスタと味方した貴族を許すつもりはない。どう始末するかは俺に任せてもらう。どんな結末になろうと、喚《わめ》かないことだな」

「……承知しました。こうなってしまったのも、全て私が至らぬからです。甘んじて受け入れましょう」

　アレオンは苦しそうに口元を歪めており、俺まで心が磨《す》り減った。俺だって心にヘンリックの魂《たましい》が介在《かいざい》していなければ、きっと折れて放棄《ほうき》していたかもしれない。この程度比にもならないほどの堪《た》え難《がた》きを忍んできたヘンリックだからこそ、冷徹《れいてつ》に振る舞い続けられるのだろう。

　ヘンリックも同様だが、アレオンには戦争の経験がない。長らく王国の属国として平和に保ってきたのが理由だ。アレオンが正式に家督《かとく》を継《つ》いでからは王国と帝国が大戦を行うことはなく、大体が小競《こぜ》り合いで留まっている。大公家がわざわざ出兵する必要も無かったのだ。怖気付《おじけづ》いてはいないつもりだったが、それでも身体の至る所が痙攣《けいれん》して、微《かす》かな拒絶《きょぜつ》反応が表出していた。

「閣下、ご気分が優《すぐ》れませんかな？」

気まずい沈黙《ちんもく》を破って部屋に入ってきたのは、セレス・アルバレン。名実共に国のナンバー二であるアルバレン子爵家の当主だった。

「すまないな、私が弱いばかりに」

「閣下の弱い部分を助くのが我らの役目ですからな」

「……お主は私を裏切ったりしないな？」

本来なら絶対に口から飛び出ないはずの言葉。幼少から長い間を共に過ごしてきた仲であり、アレオンにとってセレス以上に信頼する存在は居ないのだから。

「心外ですな。私は常にこの国のため、閣下のため、それだけを思い信念を貫《つらぬ》く所存にございます」

流石のセレスも、ムッとした様子を見せる。それを見て、アレオンの顔がしまったと言わんばかりに歪んだ。

「そうか。いや、疑っているわけではないのだ。どうにも不安になってな」

完全に疑心暗鬼《ぎしんあんき》になっている。アレオンがルドワールにかなりの信頼を向けていたことは議会での様子を見ても分かっていた。セレスもアレオンの心中を理解してだろう。精一杯《せいいっぱい》、慮るような表情で、優《やさ》しい言葉を掛《か》ける。

※

「あれだけ重用していたルドワール卿が閣下を裏切ったのですから、そうなるのも仕方ないでしょう。しかしこの反乱は止めねばなりません。ヘンリック皇子が閣下の名代に？」

アレオンの様子を見る限り、とても反乱鎮圧《ちんあつ》に繰《く》り出す様子でもない。それを瞬時に理解して、セレスは俺に視線を向けた。

「誰の助太刀《すけだち》も必要ない。俺一人で全てを片付ける」

「皇子がお一人で……？」

「まあ黙《だま》って見ていることだな。それで全てがうまくいく」

「……ではお言葉に甘え、その勇姿を見せていただくことにしましょう。私も皇子に随行《ずいこう》いたします」

目付役、といったところか。セレスも俺を完全に信頼したわけではないのだろう。

「構わないが、流れ矢を喰《く》らわぬよう注意しておくことだな」

俺は不敵に告げるが、セレスの表情が変わることはなかった。

◆

俺は敵対を表明した貴族がおおかた出揃《でそろ》ったのを確認《かくにん》し、手勢のみで城を出立した。これにはセレスも驚《おどろ》いていた。いくらか大公家から兵を借りるか、味方を募るとでもと思っていたのだろう。

「ここからどのようにして城を落とすと？」

セレスは夜にも拘わらず城に沢山《たくさん》の守備兵が在番しているのを見て疑問を呈《てい》する。リブレスタも暗愚《あんぐ》では無い。寝首《ねくび》を掻《か》かれる危険性も考慮《こうりょ》し、昼夜問わず城の警備を強化していた。

「ここから入る」

ルドワール城から体感で五キロ以上離れた場所。小さな森の中に、入り口はある。

「ここ？　どこにも入り口など見当たりませんぞ」

セレスは怪訝《けげん》そうに辺りを見渡す。

「どうやら何重にも隠されているらしい」

赤い塗料《とりょう》で小さく目印が施《ほどこ》された四つの木に囲まれていた。木の板によって入り口は塞《ふさ》がれており、草や落ち葉によってうまく隠されていた。それを退《ど》かすと、人一人がようやく通れるくらいの入り口が見つかる。

これ、コンラッドは通れないんじゃないか？

そう思ったが、甲冑《かっちゅう》を脱《ぬ》ぐことでなんとかギリギリ通ることができた。

「いやはや、こんなところに脱出《だっしゅつ》通路があるとは。よくご存じでしたな」

「クレンテ・ローガンの娘は普段からこの城に詰《つ》めていたようだ。だから緊急《きんきゅう》時に備え、城からの避難《ひなん》通路を教えられていたらしい」

俺は私兵隊を先に行かせ、リブレスタの身柄《みがら》を捕縛《ほばく》するよう指示する。この通路は食堂の絵画裏と当主の居室にある鏡につながっており、いずれも隠し扉になっているらしい。

ランタンを持ちながら、ゆっくりと隠し通路を進んでいく。しばらく歩くと、前方から私兵隊の一人が報告にやってきた。

「ご報告致《いた》します。少々手間取りましたが、リブレスタ・ルドワールの捕縛に成功しました」

「すぐに奴がいる場所まで案内しろ」

いやいや、だいぶ早かったと思うが。俺は驚きをおくびにも出さず当然と言わんばかりの反応を示す。

「はっ」

現場では凄惨《せいさん》な光景が広がっていた。六名ほどの側近と思《おぼ》しき死体が転がっていて、赤黒い液体が絨毯《じゅうたん》で敷《し》き詰められた床《ゆか》を染め上げている。

リブレスタは鏡が少し動いた事で危機をすぐに察知し、近くにいる者をすかさず呼んだという。不器用なコンラッドは出口を塞いでいる鏡を外すのに苦戦し、ガタガタと音を立ててしまったらしい。その僅かな隙がリブレスタに猶予《ゆうよ》を与《あた》え、それを「手間取った」と表現していたようだ。

「お前がヘンリック・レトゥアールか……！　なぜここに辿り着けた。守備兵も多く配置していたはずだぞ」

俺は報告を受けた後、堂々とリブレスタの居城へと踏《ふ》み入り、居室で捕縛されたリブレスタと対面する。歳は俺とそう変わらない。動揺も窺《うかが》えたが、それよりも好戦的な視線が色濃《いろこ》かった。この期に及んで、よくそんな目をできるものだ。

「当然だ。避難通路からここまでやってきたのだからな」

「避難通路……？　お前、まさか！」

「あの男爵《だんしゃく》の娘がこちらにいるのを忘れていたようだな」

「くっ、クレンテめ……。忌《い》ま忌ましいことこの上ない」

「気付いたところでもう手遅《ておく》れだ」

こいつは愚かにも国中を巻き込《こ》む不正に関与し、あまつさえ反乱を起こした。

脳裏《のうり》に焼きついたあの日の記憶《きおく》。俺は反乱によって帝国を、家族を、恩師を、全て奪《うば》われた。そこから始まった、無限にも思える忍従《にんじゅう》の日々。

その光景が鮮明《せんめい》に脳裏を過《よぎ》り、際限のない怒りに打ち震える。

俺はこの男を、不正や反乱に与《くみ》した人間を許しはしない。誰《だれ》に咎《とが》められようと、どれだけ残忍《ざんにん》だと忌避《きひ》されようと、俺には関係ない。帝国の奪還《だっかん》、それこそが俺の宿命であり、甘えなど持てば自らの首を絞めるだけなのだから。

俺は佩《は》いていた剣を抜き剣先《けんさき》を反乱の首謀者の喉元《のどもと》に突《つ》きつける。

「ヒッ……。こ、こんな事をして許されると思っているのか！」

「許す許さないを決める人間がどこにいる？」

何か喚いているが、俺の心に響《ひび》く言葉は何一つない。剣先を首の皮に這《は》わせてみれば、赤黒い血がドロリと滴《したた》り落ちた。

「ぼ、僕《ぼく》を殺せば、王国が黙ってはいないはずだ！」

「貴様程度の人間が殺されたところで、王国が動くはずもない。そもそも王国と繋がっていた時点で貴様は極刑《きょっけい》に処されるべき人間だ」

どうして俺の心はこれほどまでに煮《に》えたぎっているのだろう。

いや、自分でも理解はしている。身内の裏切りを誰よりも恐《おそ》れているからだ。

子爵院でルドワールの不正を暴《あば》いた時は、他の貴族たちにどう信じさせるか、そればかりで頭が一杯《いっぱい》だったこともあって、平静を貫けていた。

だが反乱が実際に起こって、そうもいられなくなった。サミガレッド家によって帝国を簒奪《さんだつ》された俺にとって、当時の記憶を鮮明に呼び起こすには十分な出来事だった。同時に忍従の日々が蘇《よみがえ》る。リブレスタと帝位簒奪を実行した生涯《しょうがい》の仇《かたき》を重ね合わせるようにして、曇《くも》りない復讐心《ふくしゅうしん》を向けた。

正直、リブレスタにとってはとばっちりもいいところだろう。辛《かろ》うじて冷静な思考が頭の隅に残っていたからそう思えていたし、激情のままにその首を刎《は》ねる事も堪《こら》えられていた。

とはいえ復讐《ふくしゅう》に動かされる意思が根幹にあるのは確かで、心の奥底《おくそこ》にこびりついて完全に除去するのは不可能だ。だから俺がその意思を崩《くず》すことは絶対にない。

「死ぬ前に言い残すことは？」

「お前は……ッ！　僕を殺したことを一生後悔《こうかい》することになる！」

リブレスタが最期《さいご》に紡《つむ》いだ言葉は、俺の意思を介《かい》するまでもなく、剣を一閃《いっせん》するのに十分なものだった。

首から頭部がずり落ちる。鈍《にぶ》い音を響かせて床に落ちたそれの断面が目に入り、忌避感と嫌悪《けんお》感を覚えた。血濡《ちぬ》れた剣を振《ふ》り払《はら》うと、その側面に自分の顔が映る。返り血を浴びた頬《ほお》は目尻《めじり》から流れた涙《なみだ》と結合して汚《よご》れていた。

これでいい。これが今の最善手だ。誰にも非難される謂《いわ》れなどない。

そう自分に言い聞かせながら、俺《おれ》はその場を後にした。

◆

俺は背中を追ってきた私兵隊の一人に対して、リブレスタの死を城の守備兵に告げて投降を促すよう指示を出し、広い食堂の中心に配置された縦に長い長方形のテーブルの端《はし》に陣取《じんど》って脱力《だつりょく》する。

心地《ここち》の好《よ》い残響《ざんきょう》は一切《いっさい》無い。先程《さきほど》までの激情もとうに薄《うす》れ、心は哀愁《あいしゅう》に満ちていた。不快さを纏《まと》った浮遊《ふゆう》感に身を任せていると、木造の扉がギギギと音を鳴らし、食堂を支配していた不気味なほどの沈黙が破られる。

「ヘンリック皇子。お見事、とでもいえばよろしいですかな？」

現れたのは、一連の出来事の観測者であるセレスだった。数度手を叩《たた》きながら称賛《しょうさん》を表明するも、褒《ほ》めているとはとても思えない声音《こわね》にムッとする。

「その含《ふく》みのある言い方はなんだ」

「よもや、僅かな手勢のみで敵城に乗り込むとは想像しておりませんでした」

「この城をすぐに正面から攻略《こうりゃく》できるほどの戦力を集めるとすれば、相応の時間が必要になる。これが一番手っ取り早い方法だった」

俺が持つ手駒《てごま》の戦力は、数の上では貧弱《ひんじゃく》にも程《ほど》があるものだ。一人一人の技量に焦点を当てれば実質戦力は膨《ふく》れ上がるが、それでも貴族たちが徒党を組んで向かってくれば、多勢に無勢なのは明白である。

そんな中、愚直《ぐちょく》に城を攻めるなど愚《ぐ》の骨頂。城攻めは攻める側が兵数において優位に立たなければ、余程《よほど》高度な策でも用意していない限り挑《いど》むだけ無駄《むだ》なのだ。

「それにルドワール陣営《じんえい》には大量の資金がある。時間を与えれば与えるほど戦力増強に動くことができるわけだ。資金があるからこそ、貴族たちが味方した側面もある。リブレスタを討《う》ち、城を獲《と》れば大勢が決する」

さすれば大公家を相手して戦うための体力も資金力もなくなる。

最初から有力な子爵《ししゃく》家はリブレスタに付かなかった。子爵家は総じてプライドが高いこともあって、他の子爵家に、それもまだ若いリブレスタに同調して従うという選択《せんたく》を疎《うと》んだのだ。だからリブレスタに味方した者は全て男爵以下の、言ってしまえば小粒《こつぶ》な者たちだった。

しかしそんな烏合《うごう》の衆といえど、合わせればかなりの数になる。ルドワール子爵家が溜《た》め込んだ潤沢《じゅんたく》な財があれば、一時的に大量の傭兵《ようへい》を雇《やと》う事だって容易だ。そうなってしまっては、こちらの戦力的な優位性は薄れてしまう。

そのため全部隊が集結して態勢を整えるのを待つつもりはハナからなかった。

「……本当にこれが最善策だったのですかな？」

「何が言いたい」

俺はその言葉の真意を計りかね、眉根《まゆね》を寄せる。

「皇子はこの反乱を起こすために、あの場でキプレアの不正を暴いたのでは？　息子のリブレスタが怒《おこ》って挙兵し、ルドワール子爵家に加担した者が味方することも全て狙《ねら》い通りであり、そうすることで不正貴族を炙《あぶ》り出して一掃《いっそう》しようとした。違いますかな？」

「だったらどうする」

「皇子のやったことは、確かに正しいのでしょう。ただ、過剰《かじょう》な締め付けは多くの人間の不安を煽ることになる。それが起因して皇子に反発する人間も多く出てくるかもしれません。その者たちも問答無用で一緒《いっしょ》くたにして、例外なく罰《ばつ》を下そうというのも、酷《こく》ではないのかと私は思うのです」

「ふん。そんなのは些細《ささい》なことだ。反発するような者は、元からきな臭《くさ》い一面を持っている」

「その思想を否定はしませんし、皇子のしたことが効率的だったことは認めましょう。ですがそれはあまりに事を大きくしすぎる」

「事が大きくなれば、それだけ不正や裏切りを断じて許さないという意思を浸透《しんとう》させることができる」

「その意思には抑圧《よくあつ》という一面を孕んでいます。貴族の萎縮《いしゅく》を誘《さそ》い、結果的に悪影響《あくえいきょう》をもたらす可能性もありましょう」

「……」

ぐうの音も出ない。叛意《はんい》を持つ貴族を一網打尽《いちもうだじん》にしようとしたのは、決して純粋《じゅんすい》な正義心からきたものではない。過度に不穏分子を排除しようとしたのは、ヘンリックの根っこに染《し》みついた恐怖心《きょうふしん》に起因する。放っておいたら、いつか寝首をかかれるのではないかと怖《こわ》かったのだ。

「もう一度聞きましょう。皇子、本当にこれが最善策だったのですかな?」

俺は答えない。いや、ヘンリックが返答を拒《こば》んだ。

「ヘンリック皇子は賢《かしこ》く、きっと誰よりも未来を見据《みす》えておられる御方《おかた》なのでしょう。この数ヶ月、皇子の成した事全てに私は心の中で賛辞を送らずにはいられませんでした。だからこそ思うのです。思慮深《しりょぶか》い皇子ならば、ルドワール財務長官の不正を暴くにしても、もっと賢明なやり方を選択できていたはずだと。皇子の選択には明らかな焦りがあった」

俺はその指摘《してき》を否定することができなかった。

呑気《のんき》にしていては、帝国の奪還などという先の見えない目的に達する事など到底叶《とうていかな》わない。事を一気に片付けられるのならそれが最適なのだという、先鋭的《せんえいてき》な思考に支配されていたのは事実だ。

それを見透かされたように思えて、俺は視線を逸《そ》らした。

だがこの口は、それでも強がってみせる。

「……この国を揺《ゆ》るがしかねない貴族はいずれにせよ一掃される。大公家にとっては間違《まちが》いなくプラスに働くはずだ」

「それは皇子がそう信じたいだけなのだと、私は思わずにいられません。そして事を大きくした弊害《へいがい》は、そう遠くないうちに浮かび上がってくる事でしょう」

「ふん。そんなものは些末《さまつ》なことだ」

ヘンリックの身体はこれ以上都合の悪い事が突きつけられるのを拒み、セレスから離れる事を選んだ。セレスの性格を思えば、今の口論が直ちに関係を修復不可能なものにするとは思えない。むしろセレスは俺の事を認めている口振《くちぶ》りだった。

とはいえ、セレスの言うことは正論だ。

俺は確かに焦りを抱《いだ》いていた。

だがセレスの指摘によって、思わぬリスクがあったことにも気づくことができた。考えが足りなかったと反省はすべきだろう。

諫言《かんげん》は受け入れ、次に繋《つな》げる。

セレスはそれを求めているのだと、俺は解釈《かいしゃく》する。

これからはもっと隙《すき》のない策を講じなければ。俺の頭の中はすでにそればかりだった。

◆

キプレア・ルドワールの不正は、表向き隠匿《いんとく》された。ヘンリックがあの場で暴いただけでも十分だったからだ。

下級貴族や一般《いっぱん》市民にまで周知するというのは、アレオン自身がさすがに忍びないと消極的だったこともあるが、それほどの不正をずっと見逃《みのが》していたと捉えられ、大公家の信用を傷つける恐れもあったので、落とし所としては妥当《だとう》とも言えた。

だから、あの場にいた人間以外はルドワールの本性《ほんしょう》を知らないままである。ルドワールは流行《はや》り病《やまい》に冒《おか》され、手の施しようがない状態であり、周囲には気丈《きじょう》に振る舞いつつも、病には勝てなかった。そんな筋書きだった。

息子のリブレスタも同じ病に伝染《でんせん》して世を去ったと公表された。ルドワール子爵家の資金力を頼《たよ》って味方した貴族は、反乱への意欲を一気に減衰《げんすい》させる。

ヘンリックは「不正」に対しては断固として許容しないつもりだったが、他の貴族に関してはルドワール子爵家に煽《あお》られた側面も大きく、また内乱の長期化は芳《かんば》しくない。

そこでヘンリックは貴族たちに対し、アレオンに謝罪すれば今回の反乱を不問とする触《ふ》れを出し、アレオンもやってきた貴族全員の謝罪を受け入れた。

とはいえ、ヘンリック個人は今回の反乱に加担した者について、今後二度と重用するつもりはなかった。

◆

アルシアナは、鬱屈《うっくつ》した心境で日々を送っていた。

目下の悩《なや》みの種は帝国から婿《むこ》としてやってきたヘンリック・レトゥアールという男だ。

初めて顔を合わせた日、アルシアナを視界に入れようとせず、ひたすら大公である父を見据えるばかりだった。

まるで自分に興味がないような反応に、アルシアナは尊厳をひどく傷つけられた。

（ヘンリック皇子にとって、私は大公家の一員として振る舞うために必要な道具でしかないのね）

そう思ってしまうのも無理はない。同年代と比べれば成熟した精神を持っているアルシアナとはいえ、思春期の女子には違《ちが》いない。婚約者《こんやくしゃ》という存在に全くロマンを感じていなかったと言えば嘘《うそ》になる。

しかし現実はそんな生温《なまぬる》いものではないのだと、容赦《ようしゃ》なく突きつけられることになる。

アルシアナは何度も、ヘンリックの身辺について探《さぐ》りを入れていた。

そこには淡《あわ》い期待もあった。悪いことばかりが表に出ているだけで、実は評判の良い一面も持っていた、となれば少しは受け入れられるかもしれない、と。

だが探れば探るほど、否定的な情報しか出てはこない。冷酷《れいこく》無情な人格破綻《はたん》者、その印象を欠片《かけら》も改めることはできなかった。

それでもアルシアナは一縷《いちる》の望みを懸《か》けて何度も話しかけたが、対応は一貫《いっかん》して「忙《いそが》しく構っている暇《ひま》はない」というものだった。一瞥《いちべつ》もくれず平坦《へいたん》な声音で告げられ、流石《さすが》のアルシアナも心が折れかけた。

（いいえ。忙しいというのは方便で、私をわざと遠ざけようとしている？）

自分と話したくない理由がヘンリックにあるのではないか。そう思い、アルシアナは強《きょう》硬《こう》な姿勢で尋《たず》ねた。

「なぜ貴方は私を遠ざけているの？」

「気づくのが遅《おそ》い。最初からお前と関わる気はなかった。その意思表示は最初から一貫していたはずだ」

「私は理由を聞いているの。貴方が私を遠ざけていたことなんて、最初から分かっていたわ」

「この婚約《こんやく》は政略結婚《けっこん》だ。馴《な》れ合う意味がどこにある」

アルシアナは断固たる意思を前にして怯《ひる》んでしまう。本当に興味が無いのだな、と乾《かわ》いた笑いを漏《も》らしたくもなった。

だが、これまでアルシアナとの会話を拒んできたヘンリックが、珍《めずら》しく会話を成立させた。ここで退くのは簡単だ。でもアルシアナは、一歩踏み込むことにした。

「……最近、父上は塞ぎ込んでいるわ。何かあったとしか思えない。これは貴方の仕業《しわざ》？」

当然、アルシアナとて父親が落ち込んでいる原因がルドワール子爵の死だということは理解している。ただ、それだけでは片付けられないほどに、アレオンは日々思い詰めた顔を覗《のぞ》かせていたのだ。

アルシアナはそれを見て、忠臣を失った悲しみとは質が全く異なるような気がしていた。

「仕業とは人聞きの悪い」

「……否定はしないのね」

「奴《やつ》の代わりに汚れ仕事を片付けてやっただけだ」

「汚れ仕事……？」

「貴様が深く知る必要は無い。貴様の父親もこのことは了承《りょうしょう》済みだ」

「もしかしてルドワール子爵親子が亡《な》くなった件に関与《かんよ》しているのではなくて？」

「どう思おうが貴様の勝手だが、仮に貴様の仮定が合っていたとしたら、どうするつもりだ？」

ルドワール子爵親子の死については病死で片付けられていたが、アルシアナとて不可解に思っていた。

とはいえヘンリックがそれに関わっているとは夢にも思っておらず、当人が一切否定の言葉を口に出さないのを見て、ヘンリックに歩み寄ろうとした自分がどれだけ愚《おろ》かだったのかを実感してしまう。

「公女として全力で止めなければいけないわ」

「その止める手段は何だ？　俺を殺すか？」

ヘンリックの冷酷な言葉にアルシアナは一瞬硬直《いっしゅんこうちょく》しつつも、すぐに気丈さをアピールするように胸の前で右の拳《こぶし》を握《にぎ》りしめる。

「それこそ帝国《ていこく》の思う壺《つぼ》よ。この国が完全に孤立《こりつ》してしまうだけ」

アルシアナは大公国の姫《ひめ》に相応しい水準の教育を施され、文武双方《そうほう》において才覚に優れた少女である。ゆえに浅慮《せんりょ》な行動を慎《つつし》む思慮深さも持ち合わせていた。

（分かってる。私にできることなんてない。もしこの皇子に危害を加えれば、民は皆《みな》苦しむことになる。どうすればいいの？）

ヘンリックの見下すような視線を真正面で受けながらも、柳眉《りゅうび》を逆立てて精一杯《せいいっぱい》の抵抗《ていこう》を見せるアルシアナだったが、やがて力なく視線を落とす。

「大層な口を叩《たた》くのは結構だが、貴様は一度でもこの国をどうにか変えようとしたか？国民の暮らしを変えようとしたか？　していないだろう。いや、できなかったという方が正しいか」

なぜヘンリックが見透かすような言葉を言い放てるのか。

実際に話す機会はなくても、情報なら幾《いく》らでも収集できたし、仮にも婚約者同士という間柄《あいだがら》である以上、アルシアナのことを聞いて訝《いぶか》しむ者がいるはずもない。孤児院《こじいん》へ頻繁《ひんぱん》に足を運んでいることも知っていたし、子供たちから慕《した》われている光景だって実際に目にしている。だがアルシアナは中層街には頻繁に足を運びつつも、一度として下層街に足を踏み入れてはいなかった。アレオンからきつく禁じられていたからだ。まだその時ではないというアレオンの意向で子爵院への出席すらも許されていない。

アレオンはアルシアナのことをまだ年端《としは》のいかない少女としか見ていないのだ。世俗《せぞく》の混沌《こんとん》、醜《みにく》さに直面させるのが憚《はばか》られる。アレオンのそんな心情が伝わってきた。

だからこそ下層街への立ち入りが禁じられていた。孤児《こじ》の現実を知ったら、餓死《がし》・凍死《とうし》に見舞《みま》われる人間を見れば、アルシアナはきっと涙するだろうと思って。

そんな気遣《きづか》いを無下にするように、ヘンリックは棘《とげ》を帯びた言葉を容赦なくアルシアナに投げかける。

「貴様は知らないだろうな。この国には貧困《ひんこん》に苦しみ、日々の糧《かて》すらも得られない、寒さを凌《しの》げない、そんな人間がたくさんいる。親を失い、行き場を持たない子供が大勢いる。そんな人間に貴様は一度でも手を差し伸《の》べたか？」

アルシアナは息が詰まって言い返せなかった。下層街の人間が決して裕福《ゆうふく》な暮らしを送れていないことくらいは実際に見た経験が無くても容易に想像がつく。しかしその程度は、アルシアナの想定をゆうに超《こ》えたものだった。

「本来死んでいたはずの人間も、俺が生かしてやったんだ。それに、全ては俺の資金を元手として行われたものだ」

畳《たた》み掛けるように告げると、アルシアナは俯《うつむ》いて黙り込んだ。ヘンリックとて、その事実を誇《ほこ》らしげにするつもりは毛頭なかったし、それが打算による産物であることも理解していた。だからこそ、内心で自らの物言いを恥《は》じる。それでも、ヘンリックの口は止まらない。

「だから俺がその全てを奪い取る権利だってある。それを分かっているんだろうな？」

実際にそんなことをするつもりはなくても、アルシアナにはその言葉が顕著《けんちょ》に効いた。

いや、こうすることくらいでしか、ヘンリックはアルシアナを自分から遠ざけることができないと思ったのだ。

（だってそうだろう？　こんな酷《ひど》い態度で突き放《はな》し続けてきても、こうして諦《あきら》めず俺と向き合おうとするんだから）

「俺の邪魔《じゃま》をするな。貴様が静観していれば、何もしなければ、全てがうまくいく」

「……ッ！」

アルシアナは耐えきれず、無言のまま踵《きびす》を返した。その背中にヘンリックは声をかけない。ひたすら冷淡《れいたん》な視線を向けるだけだった。部屋の外で待機していたシャロンが、飛び出していくアルシアナに声を掛けようとするが、その眼中にはもはや誰も映らない。

「よろしいのですか？」

特段外に漏れ出るような声量のやり取りでもなかったが、シャロンは一言一句違《たが》わず聞き取っていた。

「何がだ」

「アルシアナ様、確実に勘違《かんちが》いされておられますよ」

「それでいい」

「なぜ……」

その『なぜ』には悲哀《ひあい》や困惑《こんわく》、焦燥《しょうそう》が混ざりあっているようにヘンリックは感じた。シャロンとて、慕う主君が傷つくのを見て喜ぶ趣味《しゅみ》はない。心中に置いている思いとは裏腹な行動を取るヘンリックに対して疑問を抱いた。

いや、それがヘンリックの通常モードだと理解はしているものの、普段《ふだん》よりも明らかに語気が強く、余裕《よゆう》を欠いたように感じられたからこその疑問だった。

「あいつは俺に歩み寄ろうとしているようだが、邪険《じゃけん》にされていると理解していながら嫌々《いやいや》関わり続けて何の意味がある。馬鹿としか思えない」

「……だからと言って、わざと相手の解釈を捻《ね》じ曲げるように誘導《ゆうどう》し、自分を下げてしまうのは聞いていて快くありません」

「ああでもしなければ、あいつは俺を見限れなかった。俺は俺のやるべきことができれば構わない。この婚約はそのために必要なものだ。目的を達成すれば、この婚約は直ちに解消するつもりだから、何の問題も無いんだよ」

「でもそれまで、婚約者という立場にアルシアナ様を縛《しば》り付けてしまうことにもなります」

「愛人を作ろうが俺は関知しない。どこに問題があると言う」

「問題しかありません。アルシアナ様が殿下《でんか》の婚約者だと知られている以上、近づく者なんてまずいません」

ヘンリックの振る舞《ま》いを見れば、アルシアナに手を出すなんてリスクのある行為《こうい》を好むはずもない。それが公認《こうにん》されていようと、飛びつく者はいない。相手が帝国の皇子とあればなおのことだ。

「それは俺の知ったことではない」

「一度、アルシアナ様と話してみてはいかがですか？」

本音で語り合う、そんなことをヘンリックができるはずもない。今から訂正《ていせい》したところで狐疑《こぎ》されるだけである。

「今の会話を聞いてそれが言えるのか？　もうこの関係は修復不可能なところまで来ている。俺は確かにこの国を発展させ、貴族の信望を勝ち取った。そして不正を暴いて不穏分《ふおん》子を排除《はいじょ》し、財政も回復に導いた。だがその全てはこの国を帝国奪還《ていこくだっかん》の踏み台にするために過ぎない。この国の資源・人・財産を利用しようとしている。それを知れば奴は幻滅《げんめつ》するだろう。その未来を回避《かいひ》するために、先手を打った」

帝国の奪還という目的のため、この国をそのための道具として利用すること。それにヘンリックは後ろめたさを感じていた。

「それでも、苦しんでいた人を救ったのに変わりはありません。死ぬはずだった人も、殿下の手で大勢救ったはずです」

ヘンリックが目的のためだけに突き動かされて策を巡《めぐ》らせているわけでない事は、シャロンが一番よく理解している。主君の目的を知ってなお、シャロンが抱いている好意的な心情が色褪《いろあ》せることはない。決して盲目的《もうもくてき》ではない、正当な評価だとシャロンは内心胸を張る。

「それは結果論だ。他者への思いやりなどどこにもない。俺は俺の目的を達成するためだけに動いている。貴様も俺への幻想《げんそう》を持つのはいい加減やめた方が賢明《けんめい》だ」

「私は殿下に命を救われました。殿下が本当に他者を思わない人間ならば、ただの使用人に過ぎない私を庇《かば》った説明がつきません」

シャロンはヘンリックに命を救われた。冷酷無比な人間が、何の思い入れもない一介《いっかい》の使用人を庇うはずがないのだ。

「それとこれとは話が別だ。それに貴様を救ってやったのは貴様が有用な人間だと見抜《みぬ》いていたからにすぎない」

「殿下は帝国の奪還と言いますが、私は知っています。民のためを想《おも》い、徹夜《てつや》で施策《しさく》を熱心に練る姿を。孤児院の子供たちに私を介さずに物資を授《さず》けていることも。知っていますか？　あまりにも熱中し過ぎた殿下はたまにその内心を漏らしているんです」

熱中しすぎた結果周りが見えなくなってしまう、なんことは誰でも往々にしてある。

「……幻聴《げんちょう》だろう。医者に見てもらうべきだ」

返答に窮《きゅう》したヘンリックの顔は歪《ゆが》んだ。答弁のキレに翳《かげ》りが見える。

「私の耳は誤魔化《ごまか》せません。嘘だとは言わせませんよ」

ボロが出たか、とヘンリックは唇《くちびる》を噛《か》む。その内心は焦燥に支配されていた。

「……何を言われようと俺のサミガレッドへの復讐心は揺るがない。俺の行動がこの国の人間にとって不利益になるだろう。下手に関係を構築して情に絆《ほだ》され、奴への復讐心を忘れるわけにはいかない」

「それは……、帝国の民を圧政から救うためですか？」

「……なぜそう思う」

ヘンリックが掲《かか》げる帝国の奪還という宿志には、確かに帝国の民をサミガレッド家の圧政から救うという想いが折り重なっていた。とはいえ、一度も口に出した覚えが無いのに、いとも容易《たやす》く言い当てられてヘンリックの面持《おもも》ちがあからさまな不機嫌《ふきげん》に変貌《へんぼう》する。同時に自らの迂闊《うかつ》さを呪《のろ》った。

「この国に来る途中《とちゅう》、うなされる殿下が仰《おつしや》っていました。私は耳と記憶力《きおくりよく》がいいんです。一言一句忘れません。観念してください」

「……はぁ。貴様には小手先の弁明が通用しない。厄介《やつかい》な女だ」

「褒め言葉として受け取っておきますね」

「言っておくが、何を言われようと公女と馴れ合うつもりはない。だがこのまま放っておくのも哀《あわ》れだ。だから貴様が公女と関わるのを止めるつもりはないが、絶対に俺の事情は話すな。いいな」

「……はい！」

アルシアナのケアをよろしく頼《たの》む、ヘンリックはそう告げたつもりだったが、口から出たのは随分《ずいぶん》と遠回しな言葉だった。

❖王国軍の侵攻

昼と夜の寒暖差が大きくなり、夏の終わりを徐々《じょじょ》に実感しつつあった。八の月《ルナーサ》の下旬《げじゅん》は時季を日本に照らし合わせればまだ真夏と言えるが、この国の夏は六の月《ミヘイム》の後半から八の月《ルナーサ》いっぱいであり、九の月《ミーフォ》に入ると徐々に気温が下がっていく。夏だけは北から吹《ふ》き付ける寒気が森を抜《ぬ》けないため、比較的《ひかくてき》温暖な気候が保たれるのだ。体感の気温が二十℃前後の過ごしやすい気候である。

逆にレトゥアール帝国やヴァラン王国では、夏は暑い地域が多い。だから夏の過ごしやすさに限れば、他に勝るものはないかも知れない。

そんな中、王国に放っていた密偵《みってい》から報告を受けた。王国が兵糧《ひょうろう》や革《かわ》、鉄、矢羽などの戦時物資の購入《こうにゅう》を増やし、ロンベルク公爵領《こうしゃく》に運《はこ》び込まれている。今回はどうやらロンベルク公爵軍が主力になるようだ。ロンベルク公爵領は王国北部に領土があり、地理的にエクドール地方に比較的近い。

「……こんな時季に攻《せ》め入ってくるというのか？」

俺は執務室《しつむしつ》で一人ごつ。冬の間に準備を進め、冬が終わりに近づく頃《ころ》に侵攻する。俺が指揮官ならばそうするし、一番可能性が高いと思っていた。というのも、この国への侵攻というのは難度が高い。大陸一の豪雪《ごうせつ》地帯であり、冬の間に戦うのは過酷《かこく》を極《きわ》める。だから普通《ふつう》は夏の間に片付けたいと思うはずなのだ。

「いや、そうか」

俺はセレスの諫言を思い出す。事を大きくした弊害、セレスはそれを懸念《けねん》していた。可能な限り反乱を早期に鎮圧《ちんあつ》するため、見せしめとしてルドワール子爵親子を晒《さら》しあげず、また残った貴族の粛清《しゅくせい》を取りやめ謝罪を促《うなが》したのは、セレスの懸念を勘案《かんあん》したからだった。

とはいえ人の口に戸が立てられない以上、いくら隠蔽《いんぺい》しようとしても無理がある。王国にその情報が漏れるのを避《さ》ける手立てなどなかった。

つまり、大公国の内部に反乱の機運が巻き起こった事を察知されてしまったのだ。そしてその火種を残してしまった事も。俺は中途半端《ちゅうとはんぱ》にセレスの言葉を受け入れて、これで良いのだろう？　と鼻を明かした気になっていた。

不正に加担する可能性のある貴族たちを一網打尽にしようとしたのが、そもそもいけなかったのだ。一網打尽にするならば、甘《あま》さなんて見せずに無理にでも貫《つらぬ》き通すべきだった。

事を焦《あせ》った結果、王国を動かしてしまった。

つまりこの戦争は俺が引き起こしたも同然ということになる。

その事実が心に重くのしかかって、振り落とすように拳で鼻の頭を数度叩《たた》いた。

いや、王国がいずれ攻め入ってくることは確定事項《じこう》だったはずだ。俺の一連の行動は、それを早めたに過ぎない。ならば王国の侵攻を退ければ全てが丸く収まる。俺は気を取り直して、アレオンの下へ急いだ。

「王国が戦の準備を進めているとは真《まこと》で？」

アレオンは俺の報告に脂汗《あぶらあせ》を浮《う》かべて動揺《どうよう》を露《あら》わにしている。アレオンもこれから冬が始まるというこの時季に王国が動こうとしている、その事実がイマイチ信じきれていない様子だった。

「貴様は兵の召集《しょうしゅう》を急げ」

「すぐに軍部に通達致《いた》しましょう。しかし如何《いか》にして王国の大軍を退けるか、私にはとても荷が重い」

そう、いくら王国軍が攻め入ってくると分かっていたところで、戦力差は比べるべくもないほどに歴然。戦力差で劣《おと》るこちらが勝つにはそれこそ乾坤一擲《けんこんいってき》の策を弄《ろう》する他ない。

「確実に勝つ手段などない。だが国を守る、この一点に絞《しぼ》れば十分可能性はある」

雪に覆《おお》われる日が一年の多くを占《し》めるこの国で、冬の間も攻め続けるのはいくら精強な軍隊であろうと極めて困難だ。

「王国軍はきっと早期決着を狙ってくるだろう。少しでも長く戦線を押し留《おとど》めること。それが撤退《てったい》の二文字を突き付ける近道になる。だがそれを成すためには士気を十分に保つ必要がある」

「士気の維持《いじ》は私にかかっている、そう言いたいのですな」

「貴様が軍をまとめろ。俺が軍を率いようとしたところで、愚かな貴族どもは団結を欠くだろうからな」

子爵院での出来事は、多くの貴族にとって衝撃《しょうげき》であり、疑心暗鬼《ぎしんあんき》をもたらした。強引《ごういん》にも僭越《せんえつ》にも映ったはずだ。

三日後の夕刻、宣戦布告の使者が王国からやってきて、文書のみ手渡《てわた》してすぐに帰って行った。エルドリア城に子爵院の面々を緊急《きんきゅう》で召集し、今後の方針について意見が交《か》わされることになった。

「して、文書にはなんと？」

軍の指揮官の一人が、緊張《きんちょう》した面持ちで尋ねる。

「大公家は王国の庇護《ひご》を受け、友好的な関係を約束されながら、度々《たびたび》反逆の姿勢を顕著にし、此度《こたび》はあまつさえ帝国に与《くみ》するなどという行動に出た。大公家と永劫《えいごう》の友好を誓《ちか》っていた我ら王国にとって、これは許されざる行いである。よって、帝国の支配下から解放するために戦を行う、と」

白々しい文書だが、筋は通っている。大公国は元々属国の立場にあり、名目上王国から領土を下賜《かし》されたに過ぎないのだから。

「くっ、そもそも銀の採掘権《さいくつけん》の半分などという、我らを舐《な》め腐《くさ》り、尊厳を踏《ふ》みにじるような要求をした王国が悪いのではないか！」

至る所から王国への非難が噴出《ふんしゅつ》する。大公国を滅《ほろ》ぼし、銀山資源を全て我《わ》が物にする狙いか。

いや、違うな。

大公国を滅ぼすなんて面倒《めんどう》なことは最初から考えていない。最初から銀山さえ手に入れば何でも良いのだ。アルバレンが帝国の侵攻に備えた防御力《ぼうぎょりょく》の高い城塞《じょうさい》都市であることはよく知られている。つまり、アルバレンで籠城《ろうじょう》されれば、滅ぼすのは骨が折れる。だが銀山を奪《うば》えば、この国は一気に財政が悪化し、脅威《きょうい》にもならなくなる。王国はそう踏んだわけである。防御力の乏《とぼ》しいエルドリアならば、遅くとも雪が深まる前までには制圧できる、そんな余裕も透《す》けていた。

「て、帝国から援軍《えんぐん》を！」

そんな声も当然上がる。アレオンだけは援軍を見込《みこ》めないと理解しているが、アレオンの立場を悪くするリスクを勘案し、他の誰《だれ》も知らない事実になっている。

だからここでは、援軍が来ないという事実を突《つ》きつけるのではなく、そもそも援軍を呼んだらどうなるか、という方向に話をすり替《か》えることにした。

「帝国の援軍を呼んでどうなる」

「はっ？　それは如何なる意味で」

貴族の一人が俺の発言の真意を理解できず、しきりに目を瞬《まばた》かせている。

「王国は体《てい》の良いことを並べ立てているが所詮《しょせん》は銀山が狙いだ。帝国もそれは同様。帝国軍を国に入れて王国の侵攻を防いでも、もし帝国軍がそのまま駐留《ちゆうりゆう》し対価として銀山の全てを要求し、承諾《しょうだく》するまで立ち退《の》かないと言われればどうするつもりだ」

帝国も銀という資源がなければ決して同盟を組もうとはしなかっただろう。

それに帝国は元々ソルテリィシア家の活躍《かつやく》によって煮《に》え湯《ゆ》を飲まされた過去がある。逆にそれが無ければ、現在世界の覇権《はけん》を握っていたのは帝国だったと誰もが認めるところだ。

ソルテリィシア家の活躍がサミガレッド家を始めとする貴族たちの不満を高めたのだから、クーデターが起きた原因は大公家にあるとさえ言える。だからゲレオン・サミガレッドは帝位《ていい》を得るきっかけをもたらした大公家に感謝すら抱いているかもしれない。

でもそんな心情は何の意味も持たない。援軍の要請《ようせい》があればそれに応えて大量の兵を送り、そのまま駐屯《ちゅうとん》して実効支配してしまおうという魂胆《こんたん》を秘《ひ》めているはずだ。

「ですが、帝国が皇族の婿まで送った国に対してそのような不利な条件を突きつけましょうか？」

この貴族の男はゲレオンが俺《おれ》のことを少なからず好意的に見ているとでも思っているのだろうか。

「この好機をみすみす逃《のが》すはずがない。俺は帝国の連中の性質をよく理解している。それともこの俺が嘘偽《うそいつわ》りを述べていると？」

「い、いえっ！　決してそのようなつもりはなく」

「嘘だと思うなら帝国の援軍を要請すれば良い。その場合責任を取るのは誰になるか分かっているな？」

「ぐっ……」

なまじ権力を持つ者は『責任』という言葉に弱い。誰しもが責任など取りたくはないのだ。特に貴族にはそうした傾向《けいこう》が強い。もし失敗して権威《けんい》を失うことは否《いや》が応《おう》でも防ぎたい。その言葉に怯んでか、不平を述べる者はいなかった。俺の剣幕《けんまく》に圧《お》されたということもあるだろうが、目を逸らして大事な決定の責を負いたくないという意思がありありと表れている。

「ですが、帝国の援軍なしで王国の侵攻を退ける術《すべ》などありませんぞ」

「身代が小さいから勝ち目がないなどと、誰がそんなことを決めた」

そもそもこの国には敵を引き入れて戦った歴史がない。王国の右腕《みぎうで》として帝国との戦いに参陣《さんじん》してきた一方で、世代を経るごとに軍は弱体化していった。衰退《すいたい》の途《と》において王国に優秀《ゆうしゅう》な人材も流出した。その結果、今では初代大公の政権下にあった精強な軍とは似ても似つかない練度の低さを露呈《ろてい》している。

「全軍でオストアルデンヌに向かう」

「しかし……あの街は敵を迎《むか》え撃《う》つような場所ではございませんぞ」

オストアルデンヌは、東の国境から一番近い場所にある比較的大きな街で、砂糖液の製造所がある街でもあった。

製造所は人目につきにくい場所に建設したとはいえ、王国軍がオストアルデンヌを通過する可能性は十分高いため、この街は可能な限り堅守《けんしゅ》したいという思惑《おもわく》もある。どこから製造所の存在が漏れるか分からないので、その意図を察せられないように細心の注意を払《はら》いつつ、俺は冷静な口調で説明した。

「大きな兵力差を覆《くつがえ》すには、開けた場所で戦うよりも、狭《せま》い場所で大軍の利が活《い》きないよう立ち回ることが有効になってくる」

長年流通の要として活用されてきたエクドール街道の整備は行き届いているが、国境付近では道幅《みちはば》がかなり狭くなっている。兵数の利を活かしづらいその手前で戦う方が戦略も立てやすくなる。そこで――、

「野戦に挑《いど》む」

「野戦ですと⁉」

この場にいる全員が驚嘆《きょうたん》の声をあげて顔を見合わせる。王国が今回率いる軍は五千程度と目される。帝国の目がある以上、全軍で攻め入ってくるはずもない。

対して大公国は常備兵と徴収《ちょうしゅう》兵を集めても、全軍で一千五百程度にしかならない。正面から愚直《ぐちょく》に戦うようなら、敗戦は免《まぬが》れない。

だから本来ならば、籠城して時間を稼《かせ》ぐのが賢明なのだろうが、エルドリア城とて籠城に適しているわけではない。

四方を堅牢《けんろう》な壁《かべ》に囲われているアルバレン城塞と違って、エルドリア城は周辺の街を守る城壁《じょうへき》がない。籠城しようとすれば、街をそのまま失ってしまう可能性が高い。築き上げてきたものを全て敵の手に委ねることになる。

火を付けられて街全体が焼け落ちでもすれば、戦後復興に莫大《ばくだい》な時間とコストがかかる。

もちろん、王国と手切れをした以上、侵攻に備えて街の外に堀《ほり》を設け、街の東側を網羅《もうら》するように迎撃《げいげき》用の砦《とりで》をいくつも作った。

とはいえ、しばらくは王国が動かないと勝手に思い込《こ》んでいたから、俺が施《ほどこ》したのは最低限の策でしかない。

「無論、正面から当たるつもりはない。この俺が王国軍を撃破《げきは》する術を教える」

「お、おお。これは頼もしいですな！」

戦闘《せんとう》経験がほとんどない軍部の指揮官にとっては、少なくとも帝国で軍事に関する様々な知識や戦術を学んできた俺は頼もしく映ったらしい。

ただ、子爵《ししやくふく》含め多くの貴族たちは違う。一様に打って出ることへの忌避《きひ》感を露わにしていた。

「打って出るなど正気の沙汰《さた》ではございませんぞ！」

反論しようと口を開きかけたところを、アレオンに制止される。その顔には並々ならぬ意志が宿っていた。

「このまま籠城し続けて、兵の質や士気が劣る我らが勝てると本当に自信を持って言えるのか？」

沈黙《ちんもく》が流れる。単純な兵数差だけに限らず、質や士気も明らかに劣っているのだから、反論できる者は少ない。しかし、その中の一人が額に汗《あせ》を滲《にじ》ませながらも真《ま》っ直《す》ぐな眼差《まなざ》しを向けてくる。

「ですが打って出ればそれこそいたずらに兵を失うだけになりましょう」

「愚直に正面から槍《やり》を突き合うのが戦争か？　答えは否《いな》だ。戦術を駆使《くし》し、敵を翻弄《ほんろう》すれば盤面《ばんめん》は幾らでも、如何様《いかよう》にでも覆すことができる。王国軍を退けさえすれば、我らの勝ちなのだ。それだけで、王国は我らを畏《おそ》れることだろう。そのために私が恐怖《きょうふ》をかなぐり捨て、自ら軍を率いようぞ！」

普段らしからぬ鬼気迫《ききせま》った様子に貴族達は息を呑《の》む。数秒後にハッとしたように顔を見合わせ、動揺を露わにした。

「閣下自ら出陣《しゅつじん》を⁉　それでは万が一のことあったら取り返しがつきませんぞ！」

「大公自らが出ることに意味があるのだ。及《およ》び腰《ごし》で城に籠《こも》っているだけの大公を誰が支えようと思うだろうか。民もそんな私のために耐《た》え忍《しの》ぼうとは思わん。違うか！」

「……それは」

「私は守られてばかりの弱い大公のままいるつもりはない。アルバレン卿《きょう》、エルドリア城の留守を頼む」

「……はっ」

セレスは渋々《しぶしぶ》といった様子で歯噛《はが》みしながら返答する。

本来ならばセレスがこの軍を指揮するのが順当であるが、アレオンが大将として出兵することで貴族たちに覚悟《かくご》を示すことができた。これを崩《くず》すわけにはいかないし、もしアレオンとセレスが揃《そろ》って戦死するようなことがあれば、この国は一気に弱体化する。

空元気にも見えたが、少なくともこの場にいる貴族たちは想定よりも団結していた。俺はアレオンが無事帰還《きかん》できるよう、策を弄して背中を押そうと静かに決意した。

◆

ヴァラン王国の王都・ザンブルグとエクドール＝ソルテリィシア大公国の公都・エルドリアを繋《つな》ぐエクドール街道を、五千の大軍が進んでいた。

総勢五千を後方から指揮するのはグラハム・ロンベルクという高貴な将軍だった。

ヴァラン王国は三大公爵であるロンベルク、コルベ、ヴェリンガーの三家がとりわけ強い権勢を誇っている。現状の王国は国王の下にこの三者が権力を拮抗《きっこう》させることによって国家体制を維持していた。

つまり、皇帝《こうてい》が圧倒的《あっとうてき》な権力を持つ帝国とは違い、国王とは名ばかりで三大公爵の方がむしろ強いという状況《じょうきょう》なのだ。公爵家の力が無ければ政治が円滑《えんかつ》に回らず、国の統治が揺《ゆ》らいでしまうため、王家は三大公爵の為《な》すことに口を挟《はさ》めない。

その状態が三大公爵の増長を招き、やがて大公国に対して法外な要求を行う。案の定アレオンは反発し、帝国と手を結ぶことを決めたわけだが――。

そんな同盟関係を、グラハムは強く警戒《けいかい》していた。

銀山を帝国に奪われることに加え、戦略的にエクドール方面からの帝国軍の侵攻が考えられるからだ。グラハムは婿《むこ》入りを阻止《そし》しようと刺客《しかく》を送ったが失敗し、その後もヘンリックを狙《ねら》ったものの、満足に近づくことすらできなかった。コンラッドや私兵隊の面々が陰《かげ》から警護していたからである。

グラハムにとって、これは大変な屈辱《くつじょく》だった。それだけでなく、常に鎬《しのぎ》を削《けず》り合う公爵家の間で、この度重なる失敗は発言力を下げる要因にもなりつつある。そういった風潮を払拭《ふっしょく》するために、今回、単独で出兵を志願したのだ。

無論、この戦いは誰が出陣しても容易に撃ち敗れる戦いだと見られている。だから、この戦いは損耗《そんもう》の少なさが何よりも大切だった。

「どうした？　なぜ止まる」

グラハムは眉《まゆ》を顰《ひそ》めた。馬に乗った斥候《せっこう》が前方から駆《か》けてくるのが視界に映る。グラハムの前で跪《ひざまず》いた斥候は通りのいい声で報告を行った。

「ご報告いたします。どうやら前方に柵《さく》が無数に連なっている模様」

「柵？　ふん、無駄《むだ》な足掻《あが》きをするものだ。気にせず強引に突破《とっぱ》しろ。柵など取るに足らん」

グラハムは一蹴《いっしゅう》する。当然、柵の奥《おく》に敵が潜《ひそ》んでいると確信している。それでも経験が極めて浅い大公国軍が設置した柵など、単なる悪足掻《わるあが》きでしかないと先入観を抱《いだ》くのも無理はなかった。

「しょ、承知致《いた》しました！」

斥候は手綱《たづな》を引いて再び戻《もど》っていく。そして先鋒《せんぽう》が一番手前の柵に差し掛《か》かったところで、突然《とつぜん》声が響《ひび》き渡《わた》る。

「弓隊、放てぇ!!」

幾重《いくえ》にも並んだ鉄条網《てつじょうもう》の奥から、矢が放たれたのだ。目を見張ると、大公国軍の旗が揚々《ようよう》と風で揺れている。斥候は柵があるせいで、その奥に敵が潜んでいることを確認《かくにん》できていなかった。

王国側の弓兵は後方に控《ひか》えていたが、道幅が狭い街道では隊列の基本である横陣《おうじん》の状態を作れなかった。結果、縦に伸びた縦陣《じゅうじん》になってしまっており、味方の射程が全く足りない。一方的な攻撃《こうげき》を甘んじて受けるばかりの状況に陥《おちい》ってしまう。

柵は単なる柵ではなく、鋭利《えいり》な棘が全体に生えており、生肌《なまはだ》を掠《かす》めるだけで怪我《けが》を負う鉄条網のようなものだった。

弓の集中砲火《ほうか》を受けていれば、当然撤去《てっきょ》に身が入りようもない。そのため、軍の最前列は柵の撤去に苦戦を強《し》いられる。

「た、大公が先鋒を率いておりますぞ!!」

「なんだと!?」

総大将であり、一国の長であるという以上に、出征《しゅっせい》した経験のないアレオンが前線にいるという事実は、グラハムに強い困惑をもたらした。

グラハムの頭に、罠《わな》の可能性が浮かぶ。

「いや、これはまたとない好機だ。強引に突っ切るぞ!!」

罠だとしても、目の前のアレオンの首さえ取れば、当初の目的であったエルドリア奪取《だっしゅ》と銀山獲得《かくとく》へ一気に近づく。戦力的に明白な優位がある以上、怖気付《おじけづ》く理由はどこにもなかった。

「ぐわぁぁぁぁぁ!!」

そう意気込《いきご》んだところで、慟哭《どうこく》にも似た、苦痛に震《ふる》える声が無数に響く。

「なぜ前に進まない。精強な王国軍が怖気付いているとでも言うのか？　柵など一気に壊《こわ》してしまえ！」

幾重にも並んだ柵と柵の間には、鋭利な木の棒や針が植《う》え込まれていた。それを踏み抜いた将兵が野太い呻《うめ》き声を上げて苦しんでいたのだ。

アレオンの姿は、味方の士気を上げるのみならず、敵の視野を極端《きょくたん》に狭くし、足元の注意を散漫《さんまん》にさせる作用をもたらしていた。

安直な突撃《とつげき》指令が迂闊だったと表情に悔恨《かいこん》を滲ませつつも、グラハムは強引にでも突破を図《はか》るしかないと判断し、追加の指示を控える。

だがしばらく待っても、先鋒の兵が次々に悲鳴を上げるばかりで一向に前に進まない。

大公国軍は加えて山の斜面《しゃめん》から岩を転がしたり投石したりして、障害物の撤去を更《さら》に遅《おく》らせていたのだ。狭い道に兵が所狭《ところせま》しと並んでいるためにグラハム自身も身動きが取れず、手立てがない状況に陥っていた。

「くっ、小癪《こしゃく》な」

グラハムは鮮《あざ》やかに、軽微《けいび》な損耗に留めて勝利しなくてはならない。時間が掛かれば掛かるほど被害《ひがい》は積み重なっていく。

グラハムが苛立《いらだ》ちを露わにしながらも戦況《せんきょう》を見つめながら打開策を練っていると、突如《とつじょ》として敵軍の後方から困惑に満ちた声が風に乗って耳を通り抜けた。

最初は何事かと思ったグラハムだったが、大公国軍に潜んでいた有力貴族が寝返《ねがえ》ったと聞き、途端《とたん》に口角が吊《つ》り上がった。

◆

「何が起こった！　まさか王国の手によるものか⁉」

真ん中後方の本陣《ほんじん》にいたヘンリックは、すぐそばの左翼《さよく》後方が騒然《そうぜん》としていることに気づき、瞠目《どうもく》してコンラッドに尋《たず》ねる。

「いえ、ヴェルマー卿がいきなり攻撃を始めたと！」

アクロン・ヴェルマー。子爵《ししゃく》の地位にあり、古くからエクドール州の盟主的立ち位置にあったヴェルマー家の当主だ。大公アレオンの姉が嫁《とつ》いだ縁戚《えんせき》の家で、国内ではアルバレンに次ぐ第三の規模を誇る領地を抱《かか》える。

そんなヴェルマーが突然味方の兵を攻撃し始めたというのだ。

「おそらくは大公の地位を狙ってのものでしょう！」

「……と言うと？」

「ヴェルマー卿には三人の息子《むすこ》がおります。殿下が来る前は、その長男を大公家に迎え入れるのが既《き》定《てい》路線だったと聞きます」

「……それに不満を持っていたわけか」

アレオンには娘《むすめ》しかおらず、アルバレン家も男子が二人いたが、一人が夭折《ようせつ》したために大公家に入ればアルバレン家の後継者《こうけいしゃ》がいなくなる。

だがヘンリックが来て、そんな期待が易々《やすやす》と打ち砕《くだ》かれた。あろうことか長年の宿敵である帝国《ていこく》から婿《むこ》を迎え入れたのだ。ヴェルマーは当然、自分を蔑ろ《ないがし》にされたと感じる。

王国の手先はそこに付け込み、ヴェルマーを唆《そそのか》した。大公国の子爵であるという自覚が変心を封《ふう》じ込めていたが、今叛旗《はんき》を翻《ひるがえ》せば大公の座のみならず、苦戦しているグラハムに恩も売れて、王国においての権力をある程度保持できるかもしれないと考えた。

「……くっ、誤算だったか」

その目論《もくろ》見《み》を今更《いまさら》察する己《おのれ》の迂闊さをヘンリックは悔《く》いるばかりだった。

◆

コンラッドが私兵隊に指示を出し、すぐさま臨戦態勢を整えようと試みるも、虚《きょ》を衝《つ》かれた形となった大公国軍の指揮系統はもはや機能していなかった。ヴェルマー子爵軍の奇《き》襲《しゅう》を受けた左翼後方の付近は完全に統制を失い、同士《どうし》討《う》ちすら起こる始末だった。

ヴェルマーのことを覇気《はき》のない不気味な男だと思っていたが、あの仮面の下には野心を秘めていた。大公家の縁戚なのだから、裏切る可能性は低いと思い込んでいた。

どうして俺は失念していたのだろうか。血縁《けつえん》関係が信用する理由にはならないことを。ルドワール子爵家も大公家の縁戚だし、ゲレオン・サミガレッドも帝室《ていしつ》に連なる家系だった。

綿密に策を練っていたつもりだった。にも拘わらず、味方は阿《あ》鼻《び》叫《きょう》喚《かん》の地獄《じごく》に晒され、その命を徐々に散らしている。己の甘さがこの状況を呼んだのだと突きつけられ、俺は腕《うで》が震えるのを抑《おさ》えられなかった。

俺は戦を甘く見ていたのだ。「おそらく大丈夫《だいじょうぶ》だろう」という楽観的な思考で、戦略を組み立ててしまっていた。特に前線にアレオンを置いてしまったのは間違《まちが》いだったと、今更思う。

アレオン自身が先鋒への配置を望んだのを、俺は拒《こば》めなかった。当然アレオンを矢面《やおもて》に立たせるつもりなどなく、あくまで着火剤《ちゃっかざい》としか思ってはいなかったし、経験のある将も前線に配置して、弓隊による先制攻撃が決まったら、後方へと退避《たいひ》するように告げていたのだ。

だが今は隊列が崩れ、退避用に設けていたはずの通路も塞《ふさ》がっている。アレオンを前線に留めたまま、先鋒は戦いを続けていた。

だからアレオンの命はもはや朽《く》ちてしまっているのではないか、俺はそう解釈《かいしゃく》し、かつてないほどに肥大化した自責の念に支配される。

いや、今は自分を責めている場合じゃない。俺が原因で多くの将兵を現在進行形で死なせてしまっているのだ。その尻拭《しりぬぐ》いは、俺がしなければならない。

――たとえ、この命を投げ捨てることになろうと。

俺は剣《けん》を握《にぎ》りしめて、混乱の震源地《しんげんち》へと向かう。

「殿下!?」

コンラッドの喫驚《きっきょう》が耳に届く。

「コンラッド、貴様は先鋒でアレオンを捜《さが》し、救出しろ。その上で可能な限り前線を押し留めろ！」

無茶《むちゃ》な要求だと分かっている。だが、今はそんな無茶に応えてくれるという期待に縋《すが》るしかなかった。

「し、しかし殿下《でんか》はいかがされるのですか⁉」

「アクロンの蛮行《ばんこう》を食い止める」

「危険ですぞ！」

「この戦場にいれば安全な場所などない。いいから行け！」

俺は返事を聞かずに再び駆け出す。

あれだけ豪語《ごうご》した挙句、この体《てい》たらくだ。責め立てられ、嘲笑《あざわら》われ、また国を追われるかもしれない。それならせめて、自分の命を賭《と》してでも、一矢報《いっしむく》いてやりたかった。

「おい、あれって帝国の皇子じゃないか？」

帝国貴族の特徴《とくちょうてき》的な軍服に加え、帝室系譜《ていしつけいふ》の黒髪《くろかみ》黒目は、今この瞬間《しゅんかん》初めて俺の姿を見た雑兵達《たち》にとっても、ヘンリック・レトゥアールと認識《にんしき》するのには十分な情報だった。

「そんな馬鹿な」

「見てみろよ。あれは絶対本物だって。あいつを殺《や》っちまえば俺たちとんでもねえ武功を手にできるんじゃねえのか⁉」

二人の雑兵の声が引き金となって、ヴェルマー子爵軍の全員が、一斉《いっせい》に俺の首を刈《か》り取るべく動き出す。

もし仮にも帝国の皇子である俺の首がこの戦場で地に叩《たた》きつけられ、無様にも踏み躙《にじ》られたとなれば、当然王国軍の士気も上がる。

それが大陸中に広まりでもすれば、ゲレオンはこれを恥《はじ》と感じることだろう。

そもそも、ゲレオンが帝室の権力を完全に握り、旧帝室勢力の多くを排除《はいじょ》した後でも俺を始末しなかったのは、俺が死ねばその権威に少なからず綻《ほころ》びが生じると理解しているからであり、旧帝室を完全に取り潰《つぶ》す危険性を認識しているのだ。

そうだろう？　ゲレオン・サミガレッド。

お前にとっては俺が大公国で愚《おろ》かな婿として大人しくしているのが一番理想だったはずだ。でもそうはならない。俺はここで死んだって、一向に構わないのだ。

たとえこんな無様な死に方でも、それがゲレオンへの復讐《ふくしゅう》にはなる。そのためならば、命だって惜《お》しくはない。

「簡単に死んでやるつもりはない。一人でも多く、あの世に葬《ほうむ》ってやる」

槍先を前に突き出している複数の兵が、同時に俺の胴《どう》を目掛《めが》けて突進《とっしん》してくる。槍は小回りが利《き》きにくい上、構え方を見ても低い練度が見え透けていた。

「何人来ようが、貴様ら程度の弱兵など取るに足らない！」

無論、全軍で襲《おそ》い掛かられればひとたまりもない。しかしヴェルマー子爵軍とて、初陣《ういじん》に等しいのに変わりはなかった。一方的に敵を嬲《なぶ》っていたヴェルマー子爵軍の目が一斉に

俺という餌《えさ》に向き、それに釣《つ》られた兵たちが俺に引き寄せられる。

その結果、奇襲の効果もあって圧倒的に優勢だったはずの戦況が、一気に停滞《ていたい》した。

俺が地に伏《ふ》せた敵は、せいぜい両手で数えられる程度だ。だから実際に盛り返せているかといえばそうではない。大公国軍の同士討ちもあって、ヴェルマー子爵軍の被害は依然《いぜん》軽微《けいび》だ。

だが、数人の兵が束になっても俺に傷一つ付けられない光景と、周囲に充満《じゅうまん》する血生臭《ちなまぐさ》さがヴェルマーの鼻腔《びこう》を侵《おか》し、焦燥感《しょうそう》を掻《か》き立てたのだろう。

「て、撤退するぞ！」

ヴェルマーは正しく戦況を把握《はあく》することすら放棄《ほうき》し、背中を向けてあっという間に遠ざかっていく。それを追うこともなく呆然《ぼうぜん》と見つめていると、心の中に粟立《あわだ》つものを覚えた。

己が身など潰《つい》えてもいい、そう覚悟して臨《のぞ》んだ一戦が、あっけなく終わりを告げたのだ。

いや、正確にはまだ終わっていないし、先制攻撃によってある程度手傷を加えられたとはいえ、ヴェルマー子爵の反乱により疑心暗鬼に陥っている大公国軍は、常に背後を気にしながら前方に向き合っており、散漫な様子だった。それを鑑《かんが》みると、王国軍に与《あた》えた損害も小さいはずだ。アレオンの声はもはや聞こえず、その姿を視認《しにん》することも叶《かな》わない。

回復の見込みのない低調な士気で戦いを続けたところで、こちらの被害が増えていくだけだ。それが分かっているのに、脳が指令を停止して、歩き方すら思い出せなくなっている。

今やるべきことだって、組み立てようとするたびに根本から崩れていった。

手傷を負ったわけではないのに、この虚脱感《きょだつ》はなんだろう。

「殿下！　大丈夫ですか⁉」

そんな状態の俺に、聞き慣れた声がかかる。なぜオストアルデンヌで待機していたはずのシャロンがここにいるのだろうか。その声に十秒ほど遅れ、首を捻《ひね》って声の方向へと顔を向ける。返り血に塗《まみ》れた俺の身体を見て、シャロンはギョッとしていた。

それがヘンリックの血では無いと認識してシャロンは胸を撫《な》で下ろすも、生気のない表情を見て口元をキュッと結ぶ。ヘンリックは声を出そうとしたが、それは喉元《のどもと》で詰《つ》まり、微《かす》かな空気だけが口から漏《も》れ出た。

シャロンは一度小さく息を吐《は》き、真っ直ぐな視線をヘンリックに送る。

「オストアルデンヌが占領《せんりょう》されました」

シャロンの口から放たれた凶報《きょうほう》は、ヘンリックの頭をさらなる混乱へと導いた。

「……そうか」

絞り出された言葉は、現実を受け入れるものではなく、自棄《じき》に支配された心が捻り出した反応であった。そんなおざなりな態度に構うことなく、シャロンは情報を重ねていく。

「ルドワール卿の反乱に味方していた貴族が、手勢を率いて突然やってきたのです。殿下が出発してすぐのことでした」

「……オストアルデンヌから本隊が出陣する機を待って、どこかに身を潜めていたというのか？」

ああ、そうか。戦が始まる前から、この戦いの結末は決まっていたのだ。王国軍の方ばかりに気が行って、背後や道中の警戒は甘くなっていた。もっと過敏《かびん》に周囲の警戒を行っていれば、ルドワール派の貴族たちの存在に気づけたかもしれないのに。

俺はそうしてようやく、自戒《じかい》の感情を取り戻す。今回、ヘンリックはルドワール子爵家に加担した者の参戦を認めなかった。ただでさえ勝ち筋の薄《うす》い戦いで、火種を抱えたくはなかったからだ。しかしこの戦いは挽回《ばんかい》の好機でもあり、その機会を奪われた者たちがまんまとヴェルマーの口車に乗ってしまった。

「私は何とか逃《に》げ果《おお》せましたが、アルシアナ様が人質《ひとじち》に取られてしまい……」

「王国に引き渡し、帝国と大公国の繋がりを断《た》つつもりか！　だからあれほどエルドリアで大人しくしておけと言っていたんだ」

俺は事の重大さに気づき、強い口調でこの場にいないアルシアナを責める。

「私の力不足で、申し訳ございません」

シャロンは負傷兵の手当てを買って出て、ヘンリックもそれを了承《りょうしょう》した。

一方でアルシアナの同行については反対していたのだ。それでもアルシアナは公女として指を咥《くわ》えて待っているのは耐えられないとアレオンに直談判《じかだんぱん》する。どんな根拠《こんきょ》があってかは知らないが、アルシアナは自分の身程度ならば守る術《すべ》を持っているからと言い、アレオンも渋々とはいえ了承してしまったのだ。

だが結果的に囚《とら》われてしまった。反乱に加担した貴族は、アルシアナ一人ではどうしようもないほどの手勢を率いていた。

「今は公女の救出が最優先だ」

どうすればアルシアナを救い出せるだろうか。どうにか再起動した脳を酷使《こくし》して考えを巡《めぐ》らせていると、コンラッドが複雑な面持《おもも》ちで駆け寄ってくる。

「殿下、遅《おそ》くなって申し訳ございません！　ご無事で何よりにございます！」

「アレオンはどうだった？」

「それが姿は見当たらず……。しかし私兵隊が奮戦し、前線はなんとか食い止めております！」

「……くっ、これ以上の捜索《そうさく》は味方の損害を増やすだけになる。コンラッド、貴様には全軍を率いてエルドリアへの退却《たいきゃく》を命じる」

この道をそのまま進むとオストアルデンヌに辿《たど》り着くが、その手前にはエクドールの南部を通ってアルバレンへと真っ直ぐに伸《の》びる街道があり、この街道は途中《とちゅう》のセーラムでエルドリア方面にも分岐《ぶんき》するため、そこに誘導《ゆうどう》できれば挟撃《きょうげき》の危険もなく退却させることができる。戦の経験の浅い俺よりも、コンラッドの方がこの場を上手《うま》く切り抜《ぬ》けられると判断した。

「殿下はいかがされるのですか⁉」

「俺はオストアルデンヌに向かう」

「はっ、お一人で行かれるのですか⁉」

「ここで問答していれば更に被害が増える。今は黙《だま》って俺の指示に従え！」

「……はっ。しかしお一人では行かせられません。今動かせる兵をいくらかお連れください」

コンラッドは苦虫を噛《か》み潰したような顔で受け入れる。

「シャロン、貴様は公女が囚われている場所に心当たりはあるか？」

「はい。目星はついています」

「場所を教えろ。公女を救出する」

「危険です。単身で救出なんて！」

「俺はあいつの婚約者《こんやくしゃ》だからこそ信望を得られたんだ。それがなければ俺はただの帝国皇子に過ぎない！」

なにより、このまま二人を失って逃げ帰ったら、どんな顔でセレスの前に立てばいいのか分からない。

「……分かりました。では私も同行させていただきます」

危険だからコンラッドと共にエルドリア城へ逃げろと告げたが、同行させなければ場所を教えるつもりはないとシャロンは譲《ゆず》らない。その頑固《がんこ》な態度に俺は仕方なく折れるしかなかった。

◆

ヘンリックは街の様子を丘《おか》から見下ろす。

街の中には視界に映る範囲《はんい》でもかなりの人数がいた。とはいえ今は街を奪還《だっかん》するのが目的ではなく、アルシアナの救出が最優先だった。

「……うまくいったようだな」

そこでヘンリックは、連れてきた兵を街の反対側から襲撃《しゅうげき》させた。その喊声《かんせい》は目論見通り、衛兵の注意を引き、貴族たちと共に街の一方に集結させる。

その隙《すき》を見て、ヘンリックとシャロンは難なく敵地に忍び入った。

「アルシアナ様はあそこにいらっしゃるかと思います」

陽動に釣られて手薄《てうす》になっており、廃屋《はいおく》の目の前には二人の兵士しかいない。

ヘンリックは死角から屋根に登ると、頭上から二人を瞬殺《しゅんさつ》する。そうして古びた木扉《もくひ》を開くと、部屋の隅《すみ》にアルシアナがいた。いつも気高い彼女《かのじょ》が小さく丸まって、震えていた。

◆

私が監禁《かんきん》されている廃屋は、決して気温が低いわけではなかったが、薄暗《うすぐら》くジメジメとした環境《かんきょう》が鬱屈《うっくつ》した感情を呼び起こした。そのせいか身体がひどく震えている。

突然何人もの兵に囲まれて拘束《こうそく》され、なんの説明もないままに放《ほう》り込まれたのだ。困惑《こんわく》を飛び越え、強い恐怖と孤独《こどく》感に浸《ひた》る。それでも、仕方ないなという諦念《ていねん》もあった。無理を言って拠点《きょてん》の街まで同行させてもらったのに、結局足手まといになってしまった。自分の身くらい守れると思い込《こ》んでいたのが壮大《そうだい》な思い違《ちが》いだった。

廃屋を見張っていた兵たちの話を盗《ぬす》み聞いていると、驚愕《きょうがく》の事実に心が折れそうになった。ヴェルマー卿が反乱を起こしたということ。父上がもうこの世にいないかもしれないということ。これから自分はどうなるのかという不安に苛《さいな》まれる。窓すらなく光が全く差さない空間は絶望を加速させた。それでも心の奥底《おくそこ》には、確かな希望が燻《くすぶ》っている。

「……はは」

そんな自分に対する、乾《かわ》いた嘲笑《ちょうしょう》が漏れた。

助けなど来るはずがないのに、勝手に期待して落胆《らくたん》はしたくない。思考を振《ふ》り散らすように俯《うつむ》いていれば、気がつくと壁の隙間《すきま》から僅《わず》かに差していたはずの薄光すらも視界から消失する。反射的に顔を上げた先には、あのヘンリック・レトゥアール皇子がいた。

「行くぞ」

腕を掴《つか》まれ、縮こまっていた身体が伸ばされる。普段《ふだん》の余裕綽々《よゆうしゃくしゃく》という態度からは想像もできないほどに、ヘンリック皇子の顔に焦燥が浮《う》き出ている。掌《てのひら》は手《て》汗《あせ》が滲んでいて、一度滑《すべ》った後掴み直した手には少し痛く感じるほどの握力《あくりょく》がこもっていた。

「えっ……。ヘンリック……皇子？」

なぜ自分を助けにきたのか、それを問い質《ただ》したい気持ちで一杯《いっぱい》になったが、そんなことを聞けるような状況ではない。

「何を呆然としている。早くしろ」

ヘンリック皇子は苛《いら》ついた表情で勢いよく私の腕を掴んで駆け出す。その手は微かに震えを帯びていた。それは何かに恐怖しているかのような感じで、傲岸不遜《ごうがんふそん》ないつもの態度からはかけ離《はな》れている。

「あの、なぜここに……」

恐《おそ》る恐る尋ねるが返答はない。下らない問答に付き合っている暇《ひま》はない。そう言いたいのだと後ろ姿が語っていた。

自分の未熟さを眼前に叩きつけられたあの日を思い出す。結局、自分は口ばかりの公女にしか過ぎないのだと自覚させられた。私より余程《よほど》、ヘンリック皇子の方がこの国の役に立っている。その事実に打ちひしがれそうになったし、口ばかりの自分には歩み寄る資格すら無いのだと思った。嫌《きら》われても仕方がないとすら思った。だというのに、なぜ戦場にいたはずのヘンリック皇子が、私を救うためにここまでやってきたのだろうか。

(助けに来てくれたのは、私が公女だから？　それとも心から私のことを心配して？)

思わずそう尋ねたくなったが、すんでのところで踏《ふ》みとどまる。これを尋ねたところで、余計な問いかけだと切り捨てられるだけだ。

代わりに、質問を一つ投げかけることにする。

「聞きたいことがあるの」

「なんだ。それは今話すべきことか？」

ヘンリック皇子は難色を示す。右手は未《いま》だ私の手首を強い力で掴んだままで、不安定な様子がありありと伝わってきた。

「なぜ私を助けたの？」

「貴様がいなければ俺《おれ》の次期大公の地位が揺らぐからだ。それ以上の理由は無い」

予想通りの答えが返ってきた。しかしそれが事実でもあることは理解できる。

「ならどうしてそんなに怯《おび》えているの？」

「怯えてなど……」

否定しかけて、ヘンリック皇子は認めたように歯を食《く》い縛《しば》っていた。そして付け足すように、声のトーンを落として、再び言葉を紡《つむ》ごうとする。

「貴様の父は……」

そこまで言って、また途切《とぎ》れる。ここで父上がヘンリック皇子の口から出てくるとは思っていなかった。私に対して負い目を感じているのかもしれない。父上が亡《な》くなった、それに現実感が無いというのもあるが、まだ生きているという希望を最後まで捨てたくなかった。それが自分の心を守るための必要な都合のいい思い込みだと自覚してはいる。

でも公女として、父上一人の安否不明に心を破壊《はかい》され、絶望を受け入れ殻《から》に閉じこもるわけにはいかないから。悔《くや》しいけれど、私一人の力でこの国を守るのは極《きわ》めて難しい。ヘンリック皇子に立ち直ってもらわなければ、この先に未来は無い。だから私は、心を鬼《おに》にして真正面から向き合うことにした。

◆

「これからどうするつもり?」

「……」

ヘンリックは押《お》し黙ったまま歩みを進める。心なしかペースが速くなったように感じ、アルシアナはヘンリックの手を振り解《ほど》く。

「いつもの貴方《あなた》ならここで強い言葉の一つや二つ言い放つはずよ。なのに黙るだなんて、貴方らしくもない」

「……完璧《かんぺき》だと確信して講じた策が裏目に出たんだ。それを棚《たな》に上げて、横柄《おうへい》に振る舞《ま》えるほど肝《きも》は据《す》わっていない」

自分の失策を認め、言葉として外に出した瞬間、制御《せいぎょ》してきたはずの感情が濁流《だくりゅう》となって身体中《からだじゅう》を巡る。口から漏れ出た言葉を反芻《はんすう》し、それが弱音であったことを自覚した。へンリックは気まずさからか、苦虫を噛み潰したような表情で視線を落とす。アルシアナの目には、それがひたすらに弱々しく映った。アルシアナとて、こんな姿を引き出したかったわけではない。徹底的《てっていてき》に固く何重にも生成された仮面の下の顔を見たいという気持ちはあったが、それでもなお、いつもの気丈《きじょう》な姿を見せてほしい。そう思っているのも本心だった。

「俺が王国を動かしてしまった。セレスの懸念《けねん》を鼻で笑い、開き直って自信過剰《かじょう》に振る舞うばかり。全てが自分の思い通りに進むと思い込んでいた。その浅慮《せんりょ》が貴様の父をも殺したんだ。築き上げたものもこれで全て崩れる。最悪の結果だ。ああ、責めたければいくらでも責めればいい」

一度堰《せき》を切った感情のうねりはヘンリックですら抑えきれなかった。アルシアナの前で初めて、感情を偽《いつわ》ることなく吐露《とろ》する。何もしない方が勝てる可能性は高かった、その後《こう》悔《かい》に打ちひしがれていた。

「いいえ、責めないわ。責めたら貴方は救われてしまうもの」

「……ッ」

図星だった。ヘンリックは誰《だれ》かに責めて欲《ほ》しかった。

そして自分が如何《いか》に愚かな人間なのか、突《つ》きつけて欲しかったのだ。そうすることで、仕方なかったのだと開き直れるから。

「まだ終わったわけではないわ。父上も死んだと限ったわけじゃない」

「死んだ、死んださ。あんな状況から生き残っているはずがない」

直後、ヘンリックの足が膝下《ひざした》まで予兆もなく凍《こお》りつく。

「……貴様、魔法《まほう》を使えたのか」

「ええ。人前で使ったのは家族以外では初めてよ」

「一体これは何の真似《まね》だ？」

「今の貴方、いつもの貴方よりもっともっと嫌いだわ」

「とうの昔に振り切れてるだろうが」

「愚者《ぐしゃ》の魂《たましい》は凍らない。この国にはそんなことわざがあるわ」

「……それがどうした」

この国にもことわざなんてあるんだな、と愚《ぐ》にもつかない思考がヘンリックの頭を巡る。

「愚者は自分の行動や言動が少しずつ自分を追い詰めていることに気づかず孤立《こりつ》して、取り返しがつかなくなるという意味よ。このことわざは、遭難《そうなん》したとある登山者の末路に照らし合わせたものになっているわ」

冬に遭難したある登山者は、周囲の警告に耳を貸さず、単独で登山を続けた。手遅《ておく》れになってからようやく引き返すも、遭難したことを終始人のせいするばかりで、肉体は当人の気付かぬ内に氷漬《こおりづ》けになって死に至った。しかし生に執着《しゅうちゃく》した登山者の魂は、毎年その時期になると、新たに来た登山者の前に現れ、死域に引き摺《ず》り込《こ》もうとするのだと言われている。

身体が凍りついても魂は生き延び、今でも苦しみ続けているのだ。

「こんなところで諦《あきら》めるなんて、愚者の所業以外の何物でも無いわ。もし貴方がここで諦めれば、永遠の苦しみに喘《あえ》ぐことになる」

「……そうだな。これは己の愚かさへの代償《だいしょう》なのだろう。俺はずっと苦しんできた。ずっと、ずっとだ。この苦しみは、貴様の言うとおり死してなお続くのだろう。だがもう、足搔こうというのが愚かなのかもしれんな」

アルシアナが発した言葉の意図を曲解し、ヘンリックは視線を落とす。その『ずっと』には、前世の生も含《ふく》まれていた。前世では身体の弱さと闘《たたか》い、今世では自らの境遇《きょうぐう》に抗《あらが》おうとした。長い間苦しみと共にあったのだ。

（でもその全てが、望み通りには行かなかったじゃないか。自分の存在が最終的に国を滅《ほろ》ぼし、多くの人を苦しめる結果になった。その報《むく》いを受けるのなら仕方ないよな）

瞳《ひとみ》に帯びた自虐《じぎゃく》の色が更に増したのを見て、アルシアナの歯が軋《きし》む。

「貴方がここで諦めるのなら、私は今、ここで貴方の全身を凍らせるわ！」

「それで貴様の気が済むならそうすればいい」

「気が済むとか、済まないとかそんな次元の話じゃないわ！　苦しみを受け入れるなんて、間違ってる。貴方の苦しみは、貴方だけのものではないの。貴方がここで諦めれば、きっと国民全員を深い絶望に落とし、長い苦しみに喘がせるものになる。違う⁉」

「……ッ」

帝国の民を圧政から救う。ホルガーの遺言《ゆいごん》によって形作られた一つの決意は、意図せず口から溢《こぼ》れるほどに根を張っていた。そればかりを考えて動いた結果が、帝国の民を救えないばかりか、他国の民をも巻き込んで、苦しめようとしている。それはヘンリックにとって限りなく重いものだった。

「私たちはまだ負けたわけじゃない。だって全てを失ったわけではないのだから！　私の嫌いないつもの不敵さを見せて。父上の犠牲《ぎせい》を無駄にしないで！」

瞳から無数の涙《なみだ》が流れ出す。迫真《はくしん》の叱責《しっせき》だった。

その言葉は、ヘンリックの心に雷鳴《らいめい》のような衝撃《しょうげき》を与える。

――まだ負けたわけじゃない。だって全てを失ったわけではないのだから！

肉親を亡くしてもなお、そんなことを言い放てるアルシアナの心の強さに、ヘンリック

は愕然《がくぜん》とした。最も大切なものを失くしたと言ってもいい人間が、そう言っているのだから。

クーデターを無かったことにはできない。ヘンリックの父や母、兄を、恩師を生き返らせることはできない。

でも、今はまだ取り返しのつくものがたくさん自分の手に残っている。

公都を失ったわけではない。

銀山を奪《うば》われたわけではない。

積み上げた財産も大半が残っている。

コンラッドやシャロンといった大切な臣下は一人も欠けていない。

アルシアナだって救出できた。

そして何より、まだ一人の市民も死んでいない。

クーデターで全てを失ったあの時より、何千倍もマシだ。

悔いることはいつでも、いくらでもできる。

ここで諦めればこの国の未来を絶望の漆黒《しっこく》で染めることになる。

帝国の民をも全員見捨てることにもなる。

まだ取り返せるかもしれないものがあるのに、勝ち筋が目の前に無いからと、ハナから諦めて現実から目を背《そむ》けてしまう自分を、ヘンリックは死んでも許せそうになかった。

知恵《ちえ》を絞《しぼ》る前に、どうせ無理だと諦めてしまっていた。元より帝国の奪還だって、現実味がそれだけ薄い願望だったはずだ。この程度の逆境を撥《は》ね返せずして、どうやって帝国をゲレオン・サミガレッドから取り戻《もど》そうというのだろうか。

「……死んだとは限らないんじゃなかったのか？」

ヘンリックの双眸《そうぼう》に光が灯《とも》る。アルシアナはそれを見て口角を緩《ゆる》めた。

それと同時に、膝下までを覆《おお》っていた氷が一気に溶《と》ける。

「揚《あ》げ足を取れるくらいにはなったのね」

「貴様が諦めるなと言ったんだろう。貴様の父親の生死だって遺体が見つかるまでははっきりとしない、ただそれだけだ」

「父上を見つける前に、まず勝たなくちゃいけないわね」

「ふん。汚名《おめい》を更なる汚名で雪《すす》いででも勝ってやる。乾坤一擲《けんこんいってき》の大勝負だ」

「元々汚名なんて偽りのものではありませんか」

ヘンリックの後方に控《ひか》えていたシャロンが突然《とつぜん》口を挟《はさ》む。ヘンリックは露骨《ろこつ》に眉《まゆ》を顰《ひそ》めた。余計な事を言うな、そう口を出そうとするものの、シャロンは間髪《かんはつ》を容《い》れずに続ける。

「いいですか、アルシアナ様。この方は素直《すなお》じゃないんです。世界で一番、素直じゃないんです。口では不遜《ふそん》な態度を取っておられますが、実はアルシアナ様のことをよく気にしておられました」

「……そうなの？」

アルシアナは目を丸くしてヘンリックに問いかける。

「こいつの話は嘘八百《うそ》だ。聞かなくていい」

「そもそも、ルドワール卿《きょう》の処刑《しょけい》を進言したのは、財務長官が孤児院《こじいん》に行くはずの資金を着服したり、子供を売り飛ばしていたり、銀を王国に横流ししていたためで、なんの根拠もなく権力を濫用《らんよう》したわけではありません。労働者の待遇《たいぐう》改善や孤児院の支援《しえん》などもなされています。本当は心優《こころやさ》しい御方《おかた》なんです」

「……それが本当なら私、なんて勘違《かんちが》いを」

途端に顔面蒼白《そうはく》になる。シャロンもヘンリックの意思に反するつもりはなかったが、どうしてもこれ以上誤解を重ねさせ続けるのは我慢《がまん》ならなかったのだ。

「それに、殿下は決してアルシアナ様を嫌っているわけではありませんよ」

「……本当？」

ヘンリックは視線を逸《そ》らし、先に進んでいってしまう。

「余計なことを言うな」

「お叱《しか》りなら後で受けます」

ヘンリックは呆《あき》れて溜息《ためいき》を吐く。ヘンリック自身の名誉《めいよ》を守るためにしたことだから、怒《おこ》る気にもなれなかった。

そして一行は闇夜《やみよ》の中も気にせず進み、エルドリア城に無事辿り着く。ヘンリックはアルシアナから発破をかけられたことで吹《ふ》っ切れ、今度は自分の身を差し出す覚悟《かくご》で戦いに挑《いど》む堅固《けんご》な決意を胸に宿していた。

❖再戦の決意

損害はひどいものだった。今回の敗戦でおよそ三割の兵を失い、アレオンも生死不明という状況《じょうきょう》。とはいえコンラッドのおかげで、少なくとも今の時点ではエルドリア城に想定以上の兵が命を繋《つな》いだ状態で辿り着けていた。

ただ無理な撤退《てったい》によって体力的・精神的な負担は重くのしかかっており、今すぐに王国軍を再び迎撃《げいげき》する余裕《よゆう》はない。

それは王国軍も同様であり、ここまでの行軍で疲労《ひろう》が蓄積《ちくせき》していることもあって、オストアルデンヌに入った王国軍はしばらく休息を取るはずだ。

そうは言っても、猶予《ゆうよ》は数日程度だろう。その間にガタガタに崩《くず》れた指揮系統と、今後の方針を共有しなければならない。はっきり言って厳しい状況だ。

とはいえ、シャロンが傷を負った兵を治療《ちりょう》してくれているおかげで、なんとか一定数は再戦に駆《か》り出せそうだ。

それでも戦前とは比べものにならないくらいに絶望的な状況であることに変わりはない。

だというのに、俺は自分でも意外なほど前向きになれていた。

「コンラッド、よくぞこれだけの兵を連れて帰ってきてくれた」

「すべて私兵隊の皆々《みなみな》の奮戦のおかげです」

私兵隊の獅子《しし》奮迅《ふんじん》の働きにより、王国軍の先鋒《せんぽう》を食い止めることができた。コンラッドが恐慌《きょうこう》状態の将兵の撤退《てったい》誘導《ゆうどう》に尽力《じんりょく》してくれたことで、無傷で帰還《きかん》できた兵が多くいる。もしコンラッドにアルシアナの救出を頼《たの》み、俺が撤退誘導を行っていたら、被害《ひがい》は嵩《かさ》んでいただろう。

「流石《さすが》は貴様が見出《みいだ》し、俺が認めた強戦士だ」

「しかし王国軍はすぐに追撃《ついげき》してくるでしょう。いかがなさいますか？」

「これからの戦いは少しのミスが命取りになる。ガタガタになった指揮系統を整えるのが最優先だ」

俺はまず、アレオンに代わって大公の代役を務めるセレスの許《もと》へと向かった。

エルドリア城の謁見《えっけん》の間。本来ならばアレオンが座《すわ》っているはずの椅子《いす》に、セレスはいた。茫然《ぼうぜん》自失《じしつ》といった様子ではないが、正常とは程遠《ほどとお》い雰囲気《ふんいき》だった。俺が足音を立てて近づいても、反応を示さない。

「セレス・アルバレン。そんなところで何をしている」

「……ああ、ヘンリック皇子」

声をかけてようやく、セレスはこちらに気づく。背中が丸まって老《ふ》けて見え、生気を吸い取られたように焦点《しょうてん》の定まらない目。その様子に、心が痛んだ。

「俺は敗れた。完膚《かんぷ》なきまでにな。誹《そし》りはいくらでも受けるつもりだった。だというのになんだその気の抜け切った顔は」

分かっている。もし今回の戦争で敗れたという事実だけがあったのなら、セレスは折れてなどいなかった。主君であり、親友でもあり、アレオンが誰よりも信頼《しんらい》し、セレスが誰よりも忠誠を捧《ささ》げていた男。そんな誰よりも近しい存在だったアレオンが行方《ゆくえ》知れずという事実。そしてアレオンの出陣《しゅつじん》を止められず、側で支えられなかったことへの無力感。

それらが今のセレスを形どっていた。

「誹り？　なぜ私が皇子を責めなければならないのでしょう」

「俺の策が全て裏目に出た。強引《ごういん》に反乱分子の一掃《いっそう》を試みたこと、ルドワールに与《くみ》した貴族を許したと言いながらあからさまに冷遇《れいぐう》して反感を高めたこと、アクロン・ヴェルマーが怪《あや》しいと認識しておきながら、大公家の縁戚《えんせき》だからと接触《せっしょく》を怠《おこた》っていたこと。挙げればキリがない」

「皇子が悪いわけでは無いのです。皇子の策に危険があると分かっていて、放置してしまった私が悪い。いや、違いますな。これでは皇子に責任を転嫁《てんか》しているも同然。私が余計なことを言って皇子の貫《つらぬ》いてきたものを崩してしまったことが悪かった。私が口を挟まなければ、今よりはもっと状況は良かったはずなのです」

互《たが》いに後悔と自責の言葉を投げ合う。

「皇子は前を向いておられるようですな。私よりも随分《ずいぶん》若いというのに、本当にお強い」

「前を向かざるを得なかった、と言うのが正しいかもしれんな」

セレスは首を傾《かし》げて困惑の表情を浮かべる。

「公女は俺になんて言ったと思う？　このまま諦めるなら俺を殺すと言い放ったんだ」

ハハ、とセレスが苦笑いを見せる。俺が脅《おど》されて狼狽《ろうばい》する光景でも思い浮かべたのかもしれない。

「……俺も貴様と変わらん状態だったからな。全てを諦めて、その場で膝《ひざ》を突きたくもなった。だがあいつはそれを許さなかった」

「……父親を失った可能性が限りなく高いと知っていて？」

「まだ生きているという希望も捨てていないようだが、覚悟はしている様子だった。少なくとも今、公女は誰よりも明るく振る舞っている。傷を負った兵に、恐怖《きょうふ》に震《ふる》える貴族たちに声を掛《か》けて励《はげ》ましている。誰より塞《ふさ》ぎ込んでいてもおかしくない奴《やつ》が、明るく振る舞っているんだ。空元気だと言えばそこまでだがな」

「本当にお強い。さすがはソルテリィシア家の血筋を引く公女殿下《でんか》というべき精神力ですな」

「貴様もアレオンもその血を引いているはずだろうが」

血を引いているのなら、セレスやアレオンも同様に屈強《くっきょう》な精神力を備えていると言えるはずだ。アレオンは信頼していたルドワールの裏切りにひどく心を乱し、反乱の鎮圧《ちんあつ》にも関わろうとしなかった。セレスも、こんな風に打ちひしがれているようでは、精神力に秀《ひい》でているとはとても言い難《がた》い。

「おっと、知りませんでしたかな？　ソルテリィシア家は代々、女性は武勇と精神力に秀でた戦士に成長するのです。初代大公のアレクシシス様も女性でした」

「アレクシスが女だったことは知っていたが、そもそも王国貴族の当主は男子にしかなれなかったはずだろう」

女性であるアレクシスが当主になれた理由についてはヘンリックが調べても真相は不明だった。元来、ヴァラン王国の爵位継承《しゃくいけいしょう》は男子が最優先とされる。前当主に娘《むすめ》がいても三親等以内に男子がいれば、そちらが優先されるのだ。娘婿《むすめむこ》が当主になるには、出身の家の爵位《しゃくい》が上回っていることが必要になる。大公家以上の爵位は王家しかなく、ヴァラン王国の王族が婿《むこ》としてやってくる場合以外は、三親等以内の男子が最優先とされる。

王国との関係を考えても、大公家に婿入《むこい》りする人間が当主になる可能性はほぼなかった。

だからこそヴェルマーは自分の息子《むすこ》が次期大公になれると確信していたのだ。

「本来ならばそうなります。ただアレクシス様があまりに功績を立てすぎた。何せ、敗北必至の戦争で帝国《ていこく》を一方的に壊滅《かいめつ》させ、王国の権威《けんい》を押し留《とど》めたのですから。王国もその功績を認めて大公の地位を与え、アレクシス様は特例で当主の座に座ったのです。まあ、武芸ばかりに傾倒《けいとう》して政治はからっきしだったようですが」

セレスは苦笑いを浮かべる。

「王国はアレクシス様のことを『翠花《すいか》の剣聖《けんせい》』と呼んでいたそうです。翠色の花飾《コサージュ》りを胸に付けていたことから翠花、と」

「剣聖、か。公女もその系譜《けいふ》を継《つ》いでいるというわけか。納得《なっとく》ではあるな」

アルシアナは毎日剣《けん》の鍛錬《たんれん》を欠かさず行っており、遠目から見ていても光るものを感じてはいた。アルシアナがアレクシス同様に剣の才能を持っているというのなら、しっかりとした稽古《けいこ》をつければ大きく飛躍《ひやく》するかもしれない。

「アル様がその血を引いた女傑《じょけつ》たる器にあるとしても、私にとってはまだ幼き少女も同然です。娘同然の存在でもある。そんなアル様が父の死に嘆《なげ》き悲《かな》しむことなくそれほど気丈に振る舞っているとあらば、こんなところで途方《とほう》に暮れている場合ではありませんな」

セレスの瞳にようやく光が灯る。

「あいにくと俺だけでこの体制を立て直すのは不可能だ。セレス・アルバレン、貴様の力を借りるぞ」

「王国を、必ずや打ち破りましょうぞ」

そもそも、完膚なきまでに敗れたことで一度信頼《しんらい》を失った俺が、もう一度策を押し通すには幾《いく》つも障害がある。兵たちの間にも、疑心暗鬼《ぎしんあんき》が広まっている。その障害を壊《こわ》すには、セレスの力が必要だ。

◆

「皆《みな》の者、よくぞ無事帰ってきてくれた」

一様に沈痛《ちんつう》な面持ちを浮かべる貴族たちに対して、セレスは忸怩《じくじ》たる心情を感じさせない落ち着いた声音《こわね》で告げる。

俺は部屋の隅でおとなしく佇《たたず》んでいた。この戦況《せんきょう》において貴族たちをまとめ上げられるのは、セレス以外にいない。

「それぞれ思うこともあるだろう。大公閣下の行方も知れない。はっきり言って、状況は良くない」

婉曲《えんきょく》に誤魔化《ごまか》すのではなく、かといって希望を持たせるような明るい口調でもなく、淡々《たんたん》とした言葉だった。しかしそこに絶望も焦《あせ》りもなく、全員に一旦《いったん》冷静な思考を取り戻してもらおうと語りかけるかのような、そんな口調だった。

セレスは全体を見渡《みわた》しながら、沈黙《ちんもく》を使う。下を向いていた貴族たちが徐々《じょじょ》に顔を上げ、真《ま》っ直《す》ぐな双眸に吸《す》い込まれていった。

「まだ立ち上がる気力は残っているか？　更《さら》に過酷《かこく》な戦いに挑む覚悟はあるか？」

「……」

誰一人《だれひとり》として、口を開かない。無いとは口が裂《さ》けても言えないが、あるとも軽率《けいそつ》には言えない。それが本心だった。

「ここで逃げようとも私は止めない。責めもしない」

ただでさえ劣勢《れっせい》の中、貴重な戦力を失うのは大打撃《だいだげき》だ。それでも、セレスはそれを躊躇《ためら》いなく告げた。その言葉を聞いてそそくさと出ていけるような雰囲気でもないが、逡巡《しゅんじゅん》する者はいる。そんな貴族たちを戦場に押し留める自信、それがセレスにはあるように見えた。

「我らは無様にも王国の掌の上で転がされた。それは認めねばならない。そして王国軍の方が遥《はる》かに経験豊富であろう。兵の練度も高い。それと比べれば我らなど赤子のようなものだ。王国軍を恐れるな、などとは口が裂けても言えない。事実、私でさえこれから待ち受ける苦難を想像しては、身体の芯《しん》が震え上がる」

己《おのれ》の恐怖を認め、肯定《こうてい》する。セレスの立場を考えれば安易に言えることではない。それは王国軍に対する恐怖を和《やわ》らげる一手になった。

「一つ聞こう。この中で、先の戦いで王国に必ず勝てると思っていた者はどれだけいる?」

セレスの問いかけに、武闘派《ぶとうは》の数人が挙手する。だがそれだけだった。他のものは一様に視線を落とし、拳《こぶし》を握《にぎ》るばかりである。

「運が良ければ勝てるだろう、私とてその程度に考えていた。だがそれでは勝てないのだ。運だけで勝てるほど、戦というものは甘《あま》くない。運とは勝利を固く信じる者にこそ恵《めぐ》まれる。だが今の貴殿《きでん》らは少なからず疑心暗鬼を抱《いだ》いているはずだ。エクドールの発展に貢献《こうけん》してきたヴェルマー子爵《ししゃく》家が王国と通じ、国を売ったのだから当然の話だろう。我らがこの戦いに勝つためには、まず味方を信じることが何より肝要《かんよう》だ。味方を信じられない戦場は、何よりも恐ろしい」

セレスは全体を見渡す。

「私が言いたいのはただ一つ、貴殿らには自分の守りたいもののために戦って欲しい。民と領地を守るため、家族を守るため、己の名誉を守るため。誰しもが守りたいものの一つや二つ持っているはずだ。それさえあれば、我らは同じ方向を向ける。身勝手でも一向に構わない。徹頭徹尾《てっとうてつび》自分のためであろうと、それは立派な戦う理由だ。各々《おのおの》が自らの大切なものを守るために、共に怯懦《きょうだ》を却《しりぞ》け団結し、死力を尽《つ》くして戦おうではないか！」

貴族たちはそうだ、そうだ！と賛意を示しながら、その心に火を灯していく。

「王国や帝国に比べれば、確かに我らは弱兵なのかもしれない。だが弱兵が勝てないと誰が決めた？　敗北必至の逆境こそ、我らの真骨頂なのだ。それは今も昔も変わらない。皆でこの戦を戦い抜こうではないか！」

セレスが拳を突き上げると、それに呼応して力強い雄叫《おたけ》びが上がる。

「その意気だ！　しばらくの間、この私が大公の代理としてこの国を率いる。異存のある者はいるか？」

いるはずもない。セレス以上に適任な人間は少なくともここには存在し得なかった。

「よし。ではヘンリック皇子！」

「はあ？」

俺は突然の指名に驚《おどろ》く。

「皆を鼓舞《こぶ》する一言をお願いします」

それは今のセレスの言葉で十分だっただろうが。そう文句を言いたくなったが、貴族たちもじっとこちらを見ていて拒否《きよひ》できる雰囲気ではなかった。

「こちらには敵にないものがある。セレス、それが何だか分かるか？」

「……逆境に立ち向かう精神力、ですかな」

「それが敵にもないとどうして言える。いいか、こちらには圧倒的《あっとうてき》な地の利がある。それを活《い》かせば、弱者であっても強者を討《う》ち果たせる。先の戦いでも最初は地の利を活かしたことで有利に戦えていたはずだ」

セレスが精神面で鼓舞したのだから、俺は戦略上の優位性を明示することにした。

「地の利……」

セレスの傍《そば》にいた貴族の一人が、納得したように頷《うなず》く。

「俺たちは確かに負けた。だがそれはヴェルマーの離反《りはん》によるものだ。もう轍《てつ》を踏むつもりはない。次こそ、敵にここが我らの壇上《だんじょう》であることを思い知らせてやる。弱兵である貴様らを勝たせてやる」

一度失敗したくせに尊大な態度だと、自分でも強く思う。だが、これがヘンリック・レトゥアールなのだ。数瞬《すうしゅん》を経たのち、懸念に反して貴族たちからワッと歓声《かんせい》が上がる。

俺は矢庭に気恥《きは》ずかしさを覚え、平静を装《よそお》いつつも足早に元いた場所に戻る。すっかり士気を取り戻した軍議は、それからも長い時間続いた。

自室に戻ると、大きく息を吐《つ》く。少し肌寒《はださむ》さを覚え、身体が震えた。まだ昼間は温暖だが、最近は夜が深まると粉雪が降る日も散見されるようになってきている。

正直、胸中には良くない考えが巡《めぐ》って不快感に苛まれている。胃の中のものをぶちまけないのは、ヘンリックの気の強さを如実《にょじつ》に表していると思う。この身体との付き合いはもう違和感《いわかん》のないほどまでには慣れた。

とはいえ、独り言であっても弱音を吐けないというのは、なかなかにしんどいものだ。口から出る言葉はいつも痩《や》せ我慢か、弱音が吐けたとしても、他者を落としたり、人のせいにする言葉ばかり。

しんどいものは、しんどいのだ。

だってそうだろう？　前世でロクに社会に出られなかった人間が、一国の行方を左右する岐路《きろ》に立たされている。誰かの大切な人を奪っておいて、まだこんな減らず口を叩《たた》ける口も嫌いだ。自分でも推《お》し量《はか》れない巨大《きょだい》な重圧に、あまつさえ大口を叩く不自由な口。ストレスでどうにかなってしまいそうだ。

そんな思考に浸《ひた》っている中、扉《とびら》が三度叩《たた》かれる。コンラッドかと思い「ああ」と短く反応を示すと、意外な人物が姿を現した。

「あの、ヘンリック様。お話しがあるのだけど」

アルシアナの表情には疲労が滲《にじ》み出ている。休息もとらず将兵のケアに努めてきたのだろうか。

無言で見つめる俺を見て気まずさを感じてか、落ち着きなく視線を彷徨《さまよ》わせている。正直俺も気まずい。

「突っ立っていないで何か言え。用があるから来たのだろう」

色々隙《すき》を見せてしまった以上、もはや邪険《じやけん》にしていても仕方がない。感情的な態度が思い起こされ、それを恥《は》じてなのか自然と体温が上がるのを感じる。

「私は貴方のことを誤解していたわ」

「……」

そもそも俺が遠ざけていただけで、アルシアナに何の落ち度もない。むしろ自分を勘違いさせ、悪評を肯定していたのだから、叩かれても文句など言えないはずだ。むしろ謝《あやま》るべきは俺だろう。キャラ崩壊《ほうかい》を招くので絶対にできないだろうが。

「今も貴方と話していると、半信半疑な部分ばかりだわ。でも、シャロンの言っていたことが嘘だとも思えない」

「随分と仲良くなったようだな」

政略結婚《けっこん》がアルシアナの女性としての幸せを奪ってしまう、最初はそのことに気付けてすらいなかった。今だって棚に上げている状態だ。

だからシャロンにケアを頼んだ。ケア、というよりは、おそらく同年代の友人がいないであろうアルシアナと友人関係を築いてくれれば、少なくとも孤独《こどく》を味わうことはないと思った。

アレオンが居なくなり、家族という存在を失くしてしまったアルシアナにとって、大きな支えになってくれるはずだ。

「あんな子がどうして貴方のような人に仕えているのか、最初は疑問だったの」

「それには同意するがな。全く酔狂《すいきょう》としか思えん」

確かに、刺客《しかく》の攻撃《こうげき》から庇《かば》ったというのはあると思う。それだって、元はと言えば俺のせいだ。ヘンリック・レトゥアールという人間がいるから、巻き込まれた。それで俺が死んでしまったというのなら、責任を感じる理由もまだわかる。だがそうではないのだから、そこまでして俺に尽くす理由はどこにあるのだろうか。

無論、シャロン以上に優秀《ゆうしゅう》な補佐役はいない。シャロンの助けが無ければ俺はとっくにパンクしてしまっていた。

「最初は弱みでも握られているんじゃないかとも思った。でもあの子は明確に否定してきたわ。理由は教えてくれなかったけれど」

弱みを握って、あまつさえ脅しの道具にしたことは胸にしまっておく。

「それがあって、貴方が本当はいい人なんじゃないかと思って気になった。でも私の目ではわからなかったわ」

そんな内心に気づくはずもなく、アルシアナはそんな的外れな言葉で述懐《じゅっかい》する。

「俺が『いい人』なはずないだろうが」

呆れたようにため息をつく。俺のどこを見ても、その要素は欠けている。

「確かにいい人ではないのかもしれない。でも少なくとも悪い人ではないんじゃないかって、そう思ったわ」

「ふん、意味のない仮定だな」

「いいえ、そうは思わない。よく私のことを気にかけていたとシャロンは言っていたわ。それだけじゃない。私はルドワール子爵親子の死が貴方のせいだと信じてしまった。私の知る子爵は本当にいい人だったから。だけど本当は邪悪《じゃあく》な人だった。まさか孤児院の子供達《たち》を売り飛ばしていたとは思わなかった。私はまだまだ子供だったんだって、そう気付かされたわ。自分の主観だけに囚《とら》われて、勝手に決めつけていた」

事件の顛末《てんまつ》を、シャロンがアルシアナには伝えたのだろう。

「人を見る目が絶望的に欠落しているようだな」

「否定はしないわ。これだけ悪い人に見える貴方が、逆に労働者の待遇改善や孤児院の支援に取り組んでいるなんてとても思えなかった。だからもっと人のことをしっかり見なくちゃ、知らなきゃって思ったの。表向きの人間性だけで決めつけないようにしよう、そう思った」

悪く見える人が必ずしも悪いわけではない、それは実際にあるのだろう。だがいい人そうに見える人が実際にいい人であるという件数の方が圧倒的に多いはずなのだ。

悪そうな人間を見て、実は悪くないんじゃないかと疑ってみる、それは相当な労力だ。

俺《おれ》も悪そうに見える人間は悪いと一瞬《いっしゅん》で断定してしまう。

だがそれを面倒《めんどう》くさがらずにできるのがアルシアナなのだ。素直に尊敬できる部分だと心から思う。

「……」

「傲岸不遜《ごうがんふそん》な振《ふ》る舞いは、貴方自身を強く見せるために必要なのかもしれない。でもそれを続けていたらどこかで壊れてしまうと思うの。だから肩《かた》の力を抜《ぬ》いた方が良いわ」

「シャロンのようなことを言うな。余計なお世話だ」

俺がそう言って顔を背けると、アルシアナは何を思ったのか距離《きょり》を詰《つ》めてくる。そして右手をギュッと握りしめた。それに連動するかのように、心臓を掴《つか》まれたような感覚に襲《おそ》われる。

「たとえ政略結婚だったとしても私は貴方《あなた》の婚約者《こんやくしゃ》よ。私は誰かのために何かをしたい、そんな漠然《ばくぜん》とした思いを抱いてきた。でも貴方のおかげでそれが空虚《くうきょ》で、極《きわ》めて価値の薄《うす》いものだと気づいたの。私が本当の意味で動けたことなんて一度もなかった。上辺だけに手を差し伸《の》べて、やった気になっていた。だからこそ、実際に動いて成果を挙げる貴方が殊更《ことさら》眩《まぶ》しく見えたわ」

「勘違いしているようだが、俺は別に人のために動いているわけではない。あくまで自分の目的のために動いている。そのためになことであれば、身内を切り捨てることも厭《いと》わない。その冷徹《れいてつ》さは貴様にとって許せないものだろう。違《ちが》うか？」

俺が挙げた成果とやらは、自分のためにした行為《こうい》に付随《ふずい》した副産物にすぎない。

「その目的はきっと、多くの人を助けることに繋がるはずだわ」

「それが貴様自身を切り捨てることになっても、か？」

「構わないわ」

曇《くも》りの無い目にあてられ、反射的に眉根《まゆね》が寄る。それだけ、俺のことを信じようとしているのだろうか。

無論、アルシアナを切り捨てるつもりなど毛頭無いし、そんなことをすれば俺の計画は足元から崩れて頓挫《とんざ》する。

あくまで俺の問いかけは、「覚悟が無いのならば出しゃばるな」と暗に伝えるつもりで放ったものだ。そんな意図を知ってか知らずか、アルシアナの瞳はひたすら透《す》き通っていた。

「私はもう、皆に守られるだけの公女でいたくはない」

「それは自分の身くらい守れるようになってから言うんだな」

「そのための研鑽《けんさん》は惜《お》しまないわ」

「意気込《いきご》むのは結構なことだが、実を伴《とも》わければ意味は無い」

「ええ、だから貴方に教えてほしいの。剣術《けんじゅつ》を」

「……俺は貴様に構っていられるほど暇《ひま》ではない」

「なら私が貴方の仕事も手伝うわ。それで手が空いた時に、私に稽古をつけてほしいの。私が自分の身を守れるようになるのは、貴方にとっても良いことでしょう?」

「……」

確かに、今は必要以上に保護を試みている。そちらに割《さ》く精神的リソースも小さくは無い。ましてや先の戦いで囚われたばかりなのだ。とりあえず王国軍が撤退するまでは、更なる用心が必要だと思っていた。

「いいえ、それは建前ね。そう理由付けでもしないと、貴方は私を突《つ》っぱねると思ったの。私はどうしても貴方のそばで役に立ちたい。それが多くの人を助けることに繋がると思うから」

「……勝手にしろ。言っておくが、半端《はんぱ》な仕事をしようものなら、すぐに摘《つま》み出す。稽古も十分な仕事をこなしてからの話だ。死にものぐるいでやることだな」

吸い込まれるような瞳孔《どうこう》にあてられてしまい、俺はため息を溢《こぼ》しながら受け入れる。だが妥協《だきょう》するつもりはない、と釘《くぎ》を刺《さ》して俺は話を切り上げた。

自分で自分を守れる力を追い求めるのは良いことだ。それに協力するのは吝《やぶさ》かではない。強い覚悟を、今のやり取りから感じ取った。ただ、強くなった結果、危険を顧《かえり》みず前線へ出たがるなんてことになるのは勘弁《かんべん》してもらいたいところだが。いずれにせよ、これはアルシアナにとっていい傾向《けいこう》なのだろう。

もっとも、これから待ち受ける戦いに勝たなければ、そんな未来もない。俺は改めて気を引き締《し》めた。

セドリア川の決戦

「ヴェルマー卿、此度《こたび》の助力はご苦労だったな。その英断がなければ我《わ》が軍は更に多くの兵を無駄《むだ》に失うことになっていただろう」

「我らも長年の宿敵であった帝国と手を結ぶ大公家には辟易《へきえき》していましてなぁ、フフフ」

オストアルデンヌの領主居館で、ヴェルマーとグラハムは初めて向き合っていた。本来の領主は今回の戦いに参陣《さんじん》しており、居館には不在だった。

ヴェルマーの軽薄《けいはく》そうな微笑《びしょう》と不気味なオーラは、グラハムにとって気に食わないものだった。

グラハムは一応感謝を述べるものの、内心でははらわたが煮《に》えくり返るほどの怒《いか》りを蓄《たくわ》えている。この戦いは勝利が確定している戦いであり、グラハム自身も「どのように勝つか」以外の考えは備えていなかった。

本来ならば圧倒的な武力と士気によって最小限の犠牲で勝利するつもりで、大公が表に出てきたのはむしろ僥倖《ぎょうこう》だとほくそ笑《え》んでいた。

ただ、結果は少なくない兵を失う結果になってしまっている。

その要因の一つは、あまりにも貧弱《ひんじゃく》なヴェルマーの率いていた兵だ。ヴェルマーの加勢は確かに敵の陣形《じんけい》を崩し、明らかな動揺《どうよう》を生じさせた。大公国の反大公家勢力を味方に取り込《こ》むこともできた。

でもそれは、大公国が帝国に鞍替《くらが》えした当初から侵攻《しんこう》を見据《みす》えて懐柔《かいじゅう》していたから、それを使わない手はなかったというだけである。グラハムが苛立《いらだ》っていたのは、その労力に見合っているとは言い難いと感じていたからだ。大公国の兵を弱兵だと罵《ののし》りながらも、ヴェルマー子爵軍の弱兵ぶりはそんな中でもとりわけ目立っていたことを突きつけられ、グラハムは呆れ返った。

そもそも、用が済んだらヴェルマーのことは始末するつもりだった。だから、本来はこんな場所でグラハムが謙《へりくだ》る必要などどこにもない。利用価値がまだあると思っていたから、こうして表面上は敬うような姿勢を見せていただけである。

一方で、ヴェルマーの立場は、もはや王国の援助《えんじょ》なしには立ち行かない状況だった。次期大公に据《す》える代わりに提示された条件も、かなりの譲歩《じょうほ》が求められているものだった。

「しかし拘留《こうりゅう》した公女を逃《のが》すという失態を犯《おか》してしまいましてなぁ。誠《まこと》に面目《めんぼく》ない」

ヴェルマーに味方した貴族が捕縛《ほばく》していた公女が脱走《だっそう》していたのは、正直なところヴェルマーの軍勢があまりに弱兵だったという事実より、何百倍もグラハムを苛立たせていた。公女アルシアナの身柄《みがら》さえ確保すれば、大公家は簡単に崩壊するはずだったからだ。アレオンの生死も不明である現在、大公国の反抗心《はんこうしん》をへし折るにはまだ足りない。

大公が死に絶えた事実を証明できればまだ大公家に付いている貴族の心も動くだろうが、死体を発見することはついにできなかった。どこかに逃された可能性もあり、だからこそアルシアナの身柄確保は重要事項《じこう》だった。

それを大したことのない失態と言わんばかりにヘラヘラと笑うヴェルマーをグラハムは思い切り怒鳴《どな》りつけたい気分に駆られるが、まずは邪魔《じゃま》な大公家を打倒《だとう》することが最優先だと、固い克己心《こっきしん》を腹に宿す。

「過ぎたことを悔《く》いても仕方ない。アルバレンに籠《こも》った敗残兵を叩けばいいだけのこと」

グラハムは気の良さそうな笑みを浮《う》かべてヴェルマーに告げる。本心とはかけ離《はな》れた所作を見せる様子に一切《いっさい》の異変を感じとることもなく、ヴェルマーはホッとした表情で胸を撫《な》で下ろした。

ヘンリックの読み通り、グラハムはアルバレンの攻略《こうりゃく》に興味はない。あの場所こそ、王国にとっては無益な土地だからだ。その上、大陸随一《ずいいち》の堅牢《けんろう》な城塞《じょうさい》都市となれば、ますます狙《ねら》う必要などない。もっとも、アルバレンの近郊《きんこう》にはホップが自生しているが、価値の大きさは現状大公国側しか知り得ない。

王国にとっては、銀山さえ手に入れば良いのだ。エルドリアのすぐ北側にある銀山を獲《と》るためには公都を落とす必要がある。

「エルドリアの東には迎撃用の砦《とりで》があると聞くが、他に罠《わな》などはあるのか？」

「そういったものは知りませんなぁ。全て帝国の皇子によって勝手に作られたもので。まったく、帝国の輩《やから》の横暴は困ったものですなぁ。フフフ」

やれやれと呆れたような仕草で答えるヴェルマーに、グラハムは内心で舌打ちする。

エクドールの貴族ならば知っていて当然のはずだと踏《ふ》んでいたが、期待外れの結果に溜息を吐きそうになる。大公国内部の機密情報がヴェルマーからは全く出てこない。

それだけ軍事に無関心だったのだろう、と逆にヴェルマーに対して呆れ果てていた。

とはいえ、大勢が決した今、内部から突き崩していく必要もない。一大決戦で敗れてもなお大公家に与するような貴族に調略が通じる可能性は高くなく、王国軍の士気も低くない。エルドリア城も籠城《ろうじょう》向きの城ではなく、砦からの迎撃さえ撃《う》ち破《やぶ》れば勝利は確実だった。

「兵を大きく減らして追い込まれた大公家が、再び打って出るような真似《まね》をするとは思えん。この国の冬は長い。雪が積もり始める前に戦を終わらせねばならん。ならば悠長《ゆうちょう》に構えている暇はないな」

「我らは如何《いかが》すれば？」

（ふん。仮にも大公家の後釜《あとがま》に収まらんとする人間が、ここでいとも簡単に全権をこちらに委ねるとはな。大公家がこれからも王国で強い存在感を持ち続けるためには、お前の手腕《しゅわん》がモノを言うのだぞ。全く愚《おろ》か極まりないが、こちらとしては好都合か）

グラハムは小さく鼻で笑いながら、傀儡《かいらい》としての適性だけは評価する。

「後方支援《しえん》をしてもらおう。先の戦いでの消耗《しょうもう》は貴殿が特に激しかったであろう」

本心から言えば、ヴェルマーに味方した貴族たちの兵を矢面《やおもて》に立たせて戦力を削《けず》り、エルドリア奪取《だっしゅ》後の大公国支配を楽にしたいところだが、先の戦いでの無様な姿を見てしまっては、戦況次第《せんきょうしだい》でかえって王国軍の士気を下げてしまいかねない。

「お気遣《きづか》い痛み入りますなぁ」

ヴェルマー自身もあの戦いで相当な恐怖を味わったために、あからさまに胸を撫で下ろしている。

（くれぐれも余計なことをしてくれるなよ）

グラハムは胸中の濁《にご》りを誤魔化すように、瞑目《めいもく》しながら静かに深呼吸を繰《く》り返し、出陣に向けて集中力を高めることに専念した。

◆

オストアルデンヌの失陥《しっかん》から三日後。王国軍が西進を開始したという報《しら》せが届く。

緊張《きんちょう》が高まるエルドリア城の一室にこの局面においても王国軍に立ち向かうことを選んだ貴族たちが勢揃《せいぞろ》いしていた。選んだというのはやや語弊《ごへい》があるかもしれない。貴族としての面目が、逃《に》げることを食い止めていた。

「アルバレン卿《きょう》、やはり籠城ですか？」

「いや、籠城戦を選ぶべきではない。敵を公都まで引き込んでしまえば、市街戦は避《さ》けられない」

セレスがその発言を否定する。損害の大きさを度外視し、王国軍を退けるという一点のみに注力すれば、可能性はあるかもしれない。最初から戦闘《せんとう》を前提として成立した城ではないのだから、当然街が戦場になる。だがそれは文化と財産の喪失《そうしつ》であり、復興にも多額の費用が必要になる。

「無論、無策なら惨敗《ざんぱい》は必定だ。だから俺が弱兵を勝たせるための策を授《さず》ける」

俺は補足するように告げる。その策、というものが余程《よほど》気になるらしい。全員が固唾《かたず》を呑《の》んでこちらを見ている。

「唐突《とうとつ》だが、セレス。この戦いの勝利条件はなんだ？」

「はっ？　王国軍を退けることでしょうか？」

「それは大前提だ。どうすれば王国軍が退くと思う？」

「全軍を壊滅させる、でしょうか」

「それは過程ではなく結果だ。士気の上下、補給の遮断《しゃだん》、退路の封鎖《ふうさ》。これらは戦線の維《い》持《じ》に多大な影響《えいきょう》を及《およ》ぼす。だが一番確実に敵を敗走させる方法は、敵大将の討《う》ち死《じ》にだ」

「……なるほど」

王国軍大将のグラハム・ロンベルクは王国において傑出《けっしゅつ》した権威を持っており、討ち取れれば王国にはたちまち激震《げきしん》が走る。

「だからこの策は、敵大将グラハム・ロンベルクを討ち取ること、その一点に専念したものだ。敵大将さえ討ち取れば、何万の大軍であろうと瓦解《がかい》する」

「しかし敵大将の首を取るなど、そう易々《やすやす》と成せるものではございませんぞ」

「そのための策を今から授ける。一言一句聞き逃すな」

この場にいる全員が期待の帯びた視線を向けてくる。むず痒《がゆ》く感じるとともに重圧が押《お》し寄せてくるが、それを悟《さと》らせぬよう振る舞《ま》うことについて、この身体は他の誰《だれ》よりも上手かった。

◆

私は使用人という立場にあって、エルドリア城に帰還《きかん》してから殿下に命じられた道具の調達に奔走《ほんそう》していた。王国軍に敗れたという情報は、残念ながら街中に広がっている。殉《じゅん》職者《しょくしゃ》の遺族が、遺体を前にして頽《くずお》れているのを何度も見た。

いや、まだ遺体が帰ってきただけ良かったのかもしれない。大勢は遺体と対面すらできず、訃報《ふほう》を無機的に告げられるだけだったから。それを見て、胸が苦しくならないはずもない。殿下も気丈《きじょう》に振る舞ってはいるものの、少なからず胸を痛めていることだろう。

同時に、力になれなかった自分の無力さに打ちひしがれた。回復魔法《まほう》は後方では役に立っても、前線で戦うことはできない。武芸の心得が全くないわけではないものの、戦場で殿下のお傍にいることが逆に足手まといになると理解はしている。だから後方支援に徹《てっ》するつもりだった。

だけど、やっぱり私は戦場でも殿下の傍に控《ひか》えていたい。

殿下はアルシアナ様の言葉で奮起し、この状況《じょうきょう》を打破しようとなさっている。私は明らかに弱っている殿下に対して、かける言葉が見つからなかった。だからこそ、今度こそ殿下の支えになりたい。一緒《いっしょ》にいたからといって、何かできるというわけでもないけれど、後方で指を咥《くわ》えて見ていることなんてできなかった。

アルシアナ様は前線には出られない。だから、私が出られないアルシアナ様の代わりにならないと。

そんな想《おも》いを胸に抱《かか》え、城下を足早に進んでいると、前から何十人もの男が出てきて、私の進路を塞いだ。年齢層《ねんれいそう》は高めで、その手には使い古された槍《やり》や剣があり、木でできた手作りの盾《たて》を全員が手にしていた。

何事か、と思わず身構える。ただ敵意は一切感じなかったので、服の下に忍《しの》ばせている短剣《たんけん》には手をかけなかった。

「おいあんた、ヘンリック皇子のお付きの使用人だよな？」

「はい。シャロン・ボンゼルと申します」

足を揃《そろ》え、お辞儀《じぎ》をする。帝国にいた時に叩き込まれた所作が余程珍《よほどめずら》しく映ったのか、呆然《ぼうぜん》としていた。

「いやぁ、申し訳ねえ。あまりに綺麗《きれい》で見とれてしまってな。しかもとんでもねえ別嬪《べっぴん》ときた。ヘンリック皇子も隅《すみ》に置けねえなぁ」

別嬪、と言われて悪い気はしない。殿下の隣《となり》にいても恥ずかしくないように、容姿について は常に気を遣《つか》っている。それが認められた気がして、隣にいて殿下が少しでも誇《ほこ》らしく思ってもらえる気がして、少し嬉《うれ》しかった。

「急に声掛《か》けちまってすまねえな」

照れながら頭を掻《か》く男性の後ろに目を向けると、見覚えのある顔が近づいてきた。

「貴方はあの時の」

コタツの作業所にいた下層街の長だった。

「おお、覚えてくれていたか」

「それで、私に何か用でしょうか？」

少なくとも殿下を害する人間ではないと確信が持てて、少しよそよそしかった振る舞いを改める。

「俺たちは有志で集まった男どもの集まりなんだがよ。王国軍が迫《せま》ってきたと聞いて、いてもたってもいられなくなってな。俺たちで公都を守りてえ、そう思ったんだ」

一般《いっぱん》市民については、危険が及ぶ前にエルドリアを脱出《だっしゅつ》せよと触《ふ》れがあったはずで、事実慌《あわ》ただしく出立の準備を進めている人も多い。

「でも皆さんは戦闘経験もロクに積んでいない、一般の方々ですよね？　わざわざ王国軍に立ち向かおうなんて、あまりに危険です。その心意気は、殿下《でんか》にお伝えしておきますから、早く逃げてください」

「お嬢《じょう》ちゃんはどうするつもりなんだ？」

「もちろん、どんな結果になろうと殿下に最後まで付き従います」

私はそうしないといけないし、そうしたいのだ。

「お嬢ちゃんですら危険を承知で戦いに赴こうってんだ。お嬢ちゃんは俺たちから見りゃあまだまだ子供だ。そんな子供が残ってるんだから、俺たちみたいな大の男がそそくさ逃げるわけにゃいかんだろう。なあ？」

そう言って、後ろに列立する男たちに同意を求める。当然のように深く頷き、そして笑い合った。この人たちは、おそらく私でも簡単に倒《たお》せてしまうだろう。戦場が恐《おそ》ろしいものだということも、頭では理解しているはず。それを全く表に出さず振る舞っている。とても勇気のある人たちだ。

「おっと、妻と子供ならもうアルバレンに避難《ひなん》させたぜ。それに俺たちの街を守ろうってやつは、ここにいる人間だけじゃない。まだまだたくさんいるんだぜ」

「だからって……！」

その気持ちだけで十分だと、私は突っぱねようとした。でも私の心を読んだのか、先頭に立っていた男は、懇願《こんがん》するように深く頭を下げる。

「頼《たの》む。皇子に会わせてくれ！　どうしても戦いに参加してぇんだ！　俺たちゃヘンリック皇子に返しきれねえ程の恩があるんだ。それを返せぬまま、そそくさと逃げるなんてカッコ悪いだろう？」

ヘンリック皇子のため、その言葉を聞いて私は断ることができなかった。

殿下のやってきたことに救われた人が、こんなにもたくさんいる。殿下のために命を懸《か》けてもいい、そう思える人がたくさんいる。その事実に胸が熱くなる。

要介護者の母親に付き添《そ》っていたために困窮《こんきゅう》していたが、家でもできる仕事を斡旋《あっせん》してもらい、生活を立て直せたという人。

鉱山労働者で体調を崩していたが、殿下の作った保障制度のおかげで家族の未来を守れた人。

殿下が助言を行ったおかげで、生活環境《かんきょう》が劇的に改善したという、とある男爵家《だんしゃくけ》の領民。

様々な想いを抱えた人々が、殿下のために尽くそうというのだ。無下にするなんて、私にはできなかった。そんな彼《かれ》らの熱意に圧せられ、代表の一人を殿下の許《もと》へ連れて行くと、返ってきた反応は意外なものだった。

「逃げろと言ったのに愚かな奴《やつ》らだ。それは蛮勇《ばんゆう》であって、勇敢《ゆうかん》ではない。こき使われ、使い捨てられる覚悟《かくご》をしておくことだ」

殿下は足手まといだと切り捨てることはしなかった。満更《まんざら》でも無さそうに見えるのは、私の気のせいだろうか。

「覚悟なら出来ているぜ」

「ならば貴様らを囮《おとり》として使う。せいぜい役に立つことだ」

「で、殿下。流石《さすが》に囮は荷が重いのでは？」

「ふん。戦えない人間を活かすなら、役回りなどそれぐらいしかない」

「……戦わせない、ということですか？」

戦えないなら戦えないなりに、役に立てることがある。殿下はそう言いたいのだろう。私も殿下の傍にいて、戦力として役立たない代わりに出来ることがあるはずだ。

「戦えるのなら前線で使うんだがな」

殿下は決して貶《けな》すようでも蔑《さげす》むようでもなく、呆《あき》れるように呟《つぶや》く。けれどもそこに否定的な色は一切見当たらなかった。

◆

「ヘンリック皇子、私にできることはないかしら」

戦の準備を進める最中、アルシアナが俺にそう尋《たず》ねてきた。

「前回のように城を出てきたせいで敵に囚われる、なんてことにならないよう城に籠っていることだな。そもそも魔法が使えるというならいくらでも抜け出す手段はあっただろうが。なぜしなかった」

俺の足を凍《こお》らせて身動きを取れなくしたのだから、襲われた時に幾《いく》らでも対処する方法はあったはずだ。

「私の魔法は対象を認識《にんしき》しなければ発動できないの。いきなり襲われて、使う機を逃してしまったわ」

「油断しているからそうなるんだ」

「ええ、私が迂闊《うかつ》だった。反省しているわ」

やけに素直《すなお》で、ハキハキと言葉を紡《つむ》ぐ。

「自覚しているなら大人しくしておくことだ」

「ならせめて今この時だけでも、できることはない？」

「……」

無いことは、ない。というより、自分でやることも憚《はばか》られ、恥《はじ》を忍んでセレスに頼もうとしていたこと。それが兵たちの鼓舞による連携《れんけい》の強化だった。実は最初から、大公国軍の連携はとても取れているとはいえない状況であり、先の戦いでは兵たちがこちらの指示を迅速《じんそく》に遂行《すいこう》できなかったり、そもそも言うことを聞かない、といった問題が噴出《ふんしゅつ》していた。

その主因が騎士団《きしだん》である。国の伝承で崇《あが》められているリンドヴルムと呼ばれる龍《りゅう》。それが描《えが》かれた紋章《もんしょう》を胸に携《たずさ》えた大公国騎士団の傲慢《ごうまん》な態度が起因して、一触即発《いっしょくそくはつ》の空気を醸《かも》していた。大公国騎士団には漏《も》れなく士爵《ししゃく》という地位が授けられ、プライドが高いものばかりで構成されている。

先の戦いでは、アレオンが自ら出陣《しゅつじん》して気概《きがい》を見せることで軍を団結に導けたつもりになっていた。しかしそれはあくまで「軍上層部」に対してという、限定的な影響でしかない。アレオンの人柄《ひとがら》を知る人間は男爵以上の限られた者だけで、士爵以下の人間にとってアレオンが出るということはなんら特別なことではない。むしろ当然とすら言えた。

アレオンは生まれてこの方支配層に君臨してきた。下々の気持ちなど、酌《く》んでいるようで実は殆《ほとん》ど理解できていない。娘《むすめ》であるアルシアナを下層街に近づかないよう配慮《はいりょ》していることからも、潜在的《せんざいてき》な忌避《きひ》感はあるはずだ。騎士団の連中が原因であるとも理解していなかった。むしろ兵たちの方に問題があると考えていたはずだ。だがヘンリック本人が生《きっ》粋《すい》の皇族であったとしても、宮籐稔侍《みやとうねんじ》は違う。庶民的《しよみんてき》な思考を持ち、庶民の立場に立って物事を考えられる。だからこそ、俺は大公国軍の問題点を正しく理解できていた。

「今、軍の士気は著《いちじる》しく低い。なぜだかわかるか？」

「あれだけの敗北を喫《きっ》した後だもの。勝ち目の薄い戦に挑《いど》む軍の士気が上がらないのも無理はないわ」

「それだけじゃない。逃げ場のない戦場、すぐそばで散っていく味方、鼻腔《びこう》を突く血生臭《ちなまぐさ》い空気、膨《ふく》れ上がった殺意の応酬《おうしゆう》、いつ死ぬかわからないという恐怖《きようふ》。そんなものを身をもって感じて、命辛々《いのちからがらに》逃げ帰《かえ》ってきたというのに、また野戦に駆《か》り出される？　冗談《じようだん》じゃない。それが本心だ」

国を守ろうという意思、それだけじゃどうにもならない空気に触れてしまったのだ。

最悪、機能する寡兵《かへい》だけを用いて戦うことも検討しているが、それは大きく勝率を押し下げることになる。だから、士気の向上は不可欠だ。

「……そんな将兵を、戦場に出ていない私がどうにかするなんて、至難の業《わざ》ね」

でも、できないとは言わない。それがアルシアナの精神力を物語っていた。

「付いてこい」

俺は出陣を待つ兵たちと指揮官の士族たちをエルドリア城内の広場に集めるようコンラ

ッドに告げる。いつでも出陣できるよう常時装備を整えている兵たちは、十分とかからずに集結した。俺は姿を現さず、広場を臨《のぞ》む部屋の窓から兵たちを見下ろす。

「今のこいつらを見てどう思う？」

俺は目の前の兵たちを指差して、アルシアナに問いかける。

「……隊列がバラバラだわ」

「それは大した問題じゃない。十分な訓練を受けていない徴集兵《ちょうしゅうへい》に寸分と違《たが》わない隊列を組めというのは酷《こく》だろう。むしろ声をかけてすぐに集まったんだ。いつでも出陣ができる準備が整っていると証明したも同然。褒《ほ》められたっておかしくはない」

アルシアナは納得顔《なっとくがお》で小さく頷《うなず》き、再び兵たちの方に目を向ける。

「……なんだか兵たちが指揮官の方を睨《にら》みつけているような」

「そうだ。相手は士族とはいえ仮にも貴族だ。そんな人間を前に、平民の徴集兵が反抗的《はんこうてき》な態度を示している」

「全く団結していない、ってこと？」

「団結していないどころじゃない。険悪だ。セレスのおかげで上層部はまとまったが、騎士団以下の連中はそうじゃない。なぜこうなっていると思う？」

「……兵たちが反感を抱《いだ》くような原因を騎士団が作っているのね」

「その通りだ。権威《けんい》を笠《かさ》に着て身分の低い兵を見下している」

「こんな時にどうして……」

無駄にプライドが高いのだ。上層街には貴族が城下に置いている屋敷《やしき》の他に、大公国騎士団の人員が居を構えている。いわゆる士爵の地位を得ている人間だ。高慢《こうまん》な騎士団の連中が一方的に身分の低い徴集兵を侮《あなど》り、時に詰《なじ》ったりもする。下も意固地になっている。こんな奴らに従えるかと。騎士団もその無駄に高いプライドのせいで馴《な》れ合う気などサラサラ無い。

「貴様にその気があるなら、奴らを説得しろ」

「……私に？」

「できることをやる、そう言っただろうが」

アルシアナは、突然《とつぜん》任された重役に一瞬固まった。

「……分かったわ。私がなんとかしてみせる」

だがすぐに決意を改めたように拳《こぶし》を握《にぎ》る。広場に移動したアルシアナは、小さく息を吐《つ》いて、壇上《だんじょう》に立った。

壇上を見つめる視線ははっきり言って総じて冷たかった。アルシアナはそんな異様な空気を前にしても、臆《おく》することなく、声を震《ふる》わすこともなく、落ち着いた口調で語りかけていく。

「突然集めてごめんなさい。私は第一公女のアルシアナ・ラプトリカ・ラ・エクドール・ソルテリィシアよ」

公女としての威光《いこう》が手伝ってか、敵意は全く窺《うかが》えない。ただ、アルシアナの姿を見てどこか諦念《ていねん》的な空気が作られたのを感じた。騎士団の連中と仲良くしろ、とでも言いに来たのだろうと考えたはずだ。

兵たちに対して労《ねぎら》いの言葉をかけ、励《はげ》ましていたアルシアナも所詮《しょせん》は貴族の味方なのだと、兵たちが落胆《らくたん》を覚えているのが伝わってくる。

「ここにいる全員が、この軍の問題を理解していると思うわ。でも死地に足を踏み入れる貴方たちに、今この時だけは仲良くしてほしいだとか、頑張《がんば》れだとか、そんな軽薄な言葉を言うつもりはないの」

その言葉に、この場にいる全員の目が真剣味《しんけんみ》を帯び、次の言葉を待つように視線を送った。

「まず、貴方たちに感謝させて欲《ほ》しい。この国のために戦ってくれて、そしてこれからまた戦おうとしてくれて本当にありがとう」

ひたすらに真《ま》っ直《す》ぐな感謝。それは敵意すら孕《はら》んでいた広場の劣悪《れつあく》な空気を、一時的に和《やわ》らげた。

「貴方たちは強大な敵に一度立ち向かった。それがどれほど勇気のいることか、貴方たちは分かっていないわ。その勇気の尊さに、貴賤《きせん》はないはずよ。今だけはそれを互《たが》いに認めて欲しい。国の存亡をかけた一大決戦を前にしても、今ここに立っている。その事実だけでも私は貴方たちが誰よりも精強だと思うの」

決して張り上げた声ではない。しかし強く、気持ちのこもった、ここにいる千余人の耳に確かに届く声だった。

戦力も練度も、精神力も、王国には遥《はる》かに及ばないだろう。それでも、ここに立っているということは、逃げずに立ち向かう勇気があるという証左だった。

「そんな貴方たちの強さを、私は信じてる。だから戦が終わるその時まで、ここに留《とど》まることにした。私は皆《みな》に、この命を預けるわ」

兵たちもアルシアナという存在の重要さを知らないわけではない。予《あらかじ》めアルバレンに避難していれば、命を失うことはまず無いはずだ。それをしないと宣言したのは、軽い気持ちで前に立ったのではないのだと、兵たちに証明する言葉になった。

この戦いで敗れてエルドリアを失えば、その先に未来はない。経済の中心地であるエルドリアを失陥することは、再起が極めて困難になることを意味するのだ。だから勝利のみを信じて、兵たちに命を預ける。それが、アルシアナの決意だった。

「怖《こわ》くは、ないのですか？」

沈黙《ちんもく》の中、指揮官である士族の一人が、恐る恐る尋ねる。命の危機を進んで受け入れようとするばかりか、それに対する恐怖心《きょうふしん》を外に一切《いっさい》漏《も》らしていない。そんな堂々とした立ち居振る舞いに、純粋《じゅんすい》な疑問を抱いたのだ。

「怖くなんてないわ。死ぬかもしれない、なんて思う弱気な自分を私は捨てたから」

「捨てた……？」

恐怖は捨てようとして捨てられるものではない。信じるだけで誤魔化《ごまか》せるものでもないのだ。ましてや、まだ年端《としは》も行かない少女がさも飄々《ひょうひょう》とすら見える口ぶりで言い放ったとあって、その姿は明確に異彩《いさい》を放っていた。

「そう振る舞えるくらいに、貴方たちの勝利を信じているということよ。でもね……」

そこまで言って、一旦《いったん》呼吸を整える。

「私は欲張りだから、敵を追い返すだけじゃなくて、この国の誰もが未来に希望を抱けるような勝利を届けたい。だから叩《たた》きのめしましょう。二度とこの国に攻め入《せ》ろうと思わないくらいに」

アルシアナは打って変わって、好戦的な視線を振り撒《ま》く。それに呼応するかのように兵たちは口角を上げ、互いに顔を見合わせた。

「勝つしかないのなら、最良の勝ちを目指しましょう！　弱兵の誹《そし》りを受けるのは、今回で終わりよ。大陸最強は過去の栄光ではないのだと、力を合わせて大陸中に知らしめましょう！」

前向きな感情で形作られた鼓舞《こぶ》の言葉は、この場にいる全員の心に響《ひび》いた。「オオォーー!!」と怒号《どごう》のような声が上がる。それは反射的に耳を塞《ふさ》ぐほどの声量であった。

俺《おれ》では騎士団員と徴集兵の対立関係を解消することなんて絶対にできなかった。セレスですら、難しかったかもしれない。

改めて、アルシアナという存在の大きさを再確認《かくにん》する。同時に、大公としての素質すらも感じさせるものだった。兵たちは初代大公・アレクシスの姿を想起したかもしれない。

もちろん、アルシアナの声かけだけで、騎士団と徴集兵の確執《かくしつ》が直ちに解消されるわけではない。

だが今この時に限っては、全員が一つの方向を向いた。少なくともそれは確かだった。

◆

王国軍は五百の兵をオストアルデンヌに置き、四千の兵でエルドリアに迫りつつあった。

五百の兵を残したのはヴェルマーら大公国貴族の目付役のためでもあった。グラハムが国を裏切った人間を信用するはずもない。寝返《ねがえ》りとはそういうものだ。ましてや、大公国には帝国《ていこく》という後《うし》ろ盾《だて》がある。帝国も大公国に対して対等などとは思っておらず、王国と同様に銀山に価値を見出《みいだ》している。だから帝国が大公国の力を殺《そ》ぐためにヴェルマーに王国へ寝返らせた振《ふ》りをさせ、油断しきったところに奇襲《きしゅう》させる腹積りだった、なんてことも十分にあり得る話だ。

王国軍の進軍が予想よりもだいぶ鈍重《どんじゅう》なのは、先の戦いで仕掛《しか》けられていた罠を警戒《けいかい》しているからである。

それ以上に、グラハムが懸念《けねん》として抱いていたのは、エルドリアの東側を流れるセドリア川の存在である。エルドリアに辿《たど》り着くためには、急流で度々氾濫《たびたびはんらん》するこの川を渡《わた》る必要があった。

当然ながら川に架《か》かる橋は大小問わず全てが王国軍の進軍に備えて撤去《てっきょ》されており、当然の動きだと理解はしても、無駄な時間稼《かせ》ぎだとグラハムは下唇《くちびる》を噛《か》んだ。

「大公国軍はどう待ち構えている」

「どうやらエルドリア城近郊の砦に集結しているようです。詳《くわ》しい兵数は定かではありませんが、少なくない規模かと」

グラハムは奇襲の可能性も考慮《こうりょ》し、斥候《せっこう》に前方を窺わせていた。セレスの率いる軍がエルドリア城に最も近い砦に入り、王国軍の襲来《しゅうらい》を待ち構えていることがグラハムに共有される。

「そこにセレス・アルバレンの姿は？」

「ございました。おそらく本隊を率いているものかと思われます」

「やはり砦で迎撃《げいげき》するつもりか。野戦で敗戦したとなれば、当然の判断だな」

先の失策により消極的になっている。グラハムはそう確信した。同時に奇襲への警戒が微《かす》かに緩《ゆる》む。

「いかがなさいますか？」

「無論、このまま進んで川を渡り、砦を落とす。全軍、前へ進め！」

士気は低くない。緒戦《しょせん》に勝利したことで、最初は浮き立っていた将兵もだいぶ落ち着き、結束していた。

満を持して渡河《とか》を始める先鋒《せんぽう》を、中陣《ちゅうじん》にいるグラハムは冷静に見つめていた。斥候の報告通り流れは速いものの川床《かわどこ》自体は深くなく、淡《あわ》い安堵《あんど》の息を漏らす。

（一人が渡りきるのにおよそ十分、といったところか）

焦《あせ》って速く進んだことで足を掬《すく》われるのも馬鹿らしい。グラハムはそう考えてゆっくりと進むよう通達していた。

　全体の半数が渡りきったのを見て、グラハムは渡河を始める。

　しかし、川の中間あたりを過ぎた時、軍の前方と後方から喫驚《きっきょう》が上がる。

「な、何事だ！」

　目を向けると、部隊が分断された王国軍を大公国軍が襲《おそ》っていた。

（奇襲、だと⁉　くっ、セレス・アルバレンが『本隊が砦で待ち構えている』と思い込ませるためのカモフラージュだったとでも言うのか！）

　そんな策を考え、実行できる人間に、グラハムは一人しか心当たりが無かった。

「ヘンリック、レトゥアール……！」

　舐《な》めていたわけではない。だが、上手にあるとも思っていなかった。

（認めなければならんな。一度のみならず、二度もあの若造に嵌《は》められたことを）

　自分の甘《あま》さを呪《のろ》いながら、声を張り上げて指示を送る。しかし、その声は虚《むな》しくもかき消された。

◆

主要な指揮官を中陣に固めていた王国軍は、前方と後方を奇襲されたことで統制を失っていた。

「ひ、卑怯《ひきょう》だぞ！」

そんな罵声《ばせい》が何処《どこ》からか響き渡る。

（卑怯？　寡兵で戦うのならば卑怯にでも戦うしかない。明瞭《めいりょう》な敵意が奔流《ほんりゅう》する戦場において、「正義」などどこにもないのだからな。あるのは薄汚《うすよご》れた人間が互いを斬《き》り付け合う、最も正義に反したもの。ただそれだけだ）

ヘンリックは冷めた心であしらった。煩雑《はんざつ》な戦場を見てもなお、平静を保つ。内心は吐き気《け》すら催《もよお》していたが、ヘンリックがそれを周囲に悟らせるはずもない。

耳朶《じだ》を打つ怒号、槍が人の肉を突《つ》き破る生々しい音、そして鮮《あざ》やかに舞う赤黒い鮮血《せんけつ》。

不意を衝《つ》けたことで、敵の方が圧倒的《あっとうてき》に被害《ひがい》は多く、優勢に事は進んでいるように見える。

それでも、焦りはつのる。

ヘンリックは上流を見つめながら、機を待っていた。

示し合わせていたとはいえ、川の上流から流した罠をグラハムにタイミング良く見舞《みま》うのは容易ではないのだ。

「大丈夫《だいじょうぶ》ですよ」

ヘンリックの不安な胸中を想像して、シャロンは耳元で囁《ささや》く。ヘンリックはシャロンの志願を断りきれず、渋々《しぶしぶ》同行を認めたのだ。

「ヘンリック様の策は、必ず成功します」

「成功してもらわないと困る」

しかし兵力差は如何《いかん》ともし難《がた》く、やがて王国軍は互角《ごかく》から劣勢《れっせい》へと戦況《せんきょう》を変えつつあった。劣勢に転じたら撤退《てったい》するよう命じていたにも拘《かか》わらず、乱戦において冷静な判断力は持ち合わせておらず、撤退の機を逃《のが》してしまっていた。首筋の静脈《じょうみゃく》が浮くのが分かり、動《どう》悸《き》は時を刻むにつれ激しくなる。

だが次の瞬間《しゅんかん》、私兵隊の数人が乗った筏《いかだ》が姿を現す。ヘンリックは何とか間に合ったかと途端《とたん》に胸を撫で下ろした。

◆

突然、上流から筏に乗った兵士が近づいてきて、グラハムは目を丸くする。最初から渡河中を襲うことが狙いだったのかと直感し、腰《こし》の剣《けん》を抜《ぬ》き身構える。筏に乗った兵から得体の知れない幾つもの玉が投げつけられ、グラハムは反射的にそれを叩き切った。

刹那《せつな》、破裂《はれつ》した玉から大量の粉が舞う。

その粉は瞬く間《またたくま》にグラハムの顔を覆《おお》い、それが目、口、鼻に入り込《こ》んできた。満足に声すら出せず、グラハムは咽《む》せる。目を洗浄《せんじょう》するため川に潜《もぐ》り、視界の改善を試みるも、宙に舞っている粉のせいで周囲の視界は依然《いぜん》晴れず、粉を再び吸ったグラハムは再び咽せた。

「な、何だあれは!!」

身動きの取れないグラハムの耳を、雑兵の上げた声が劈《つんざ》く。上流から迫っていたのは、大量の火をまとった筏であった。渡河中の兵は一目散に逃げようと試みた。本来ならばグラハムを守るはずの側近も総じて貴族である。第一に保身が頭を過《よぎ》る中で、グラハムの身を案じる余裕《よゆう》など持ち合わせてはいなかった。

そうしてグラハムは、未《いま》だかつてない混乱に支配される。

視界が奪《うば》われたまま迫り来る得体の知れない何かから逃げることなど難しかった。

(くっ、無念だ。大公国如《ごと》きに敗れるとは! ヘンリック・レトゥアールを甘く見ていた報《むく》いがこれか……)

グラハムは自虐《じぎゃく》の念と共に、死を覚悟する。だが死への恐怖以上に、グラハムは真っ先に戦場へ連れてきた息子《むすこ》の身を案じる。後方の安全な場所から大局を見て勉強するように

言いつけていたため、生き延びる可能性はあるはずだと、微かな希望に縋《すが》った。

(レグナルト、後の事は任せたぞ)

最後にそう念じ、グラハムは激流と共に火の筏に呑《の》み込まれていった。

◆

「敵大将グラハム・ロンベルクを討《う》ち取ったりぃ！」

戦の終結を告げる甲高《かんだか》い一声が戦場にもたらされた。

ある者は事の真偽《しんぎ》を判断できず右往左往し、ある者は呆然として佇《たたず》んでいる。いち早く現実を認識した一部の兵が一目散に脱《だっ》しようと駆け出す様子を皮切りに、戦場を惑乱《わくらん》が支配した。替《か》えの利《き》かない精神的支柱を失ったとあって、王国軍にはもはや瓦解する道しか残されていなかった。

「敵指揮官の貴族を捕《つか》まえろ！　捕まえた者には褒美《ほうび》を与《あた》える！」

一方で大公国軍は精気を取り戻《もど》し、掃討《そうとう》戦の様相を呈《てい》する。精強であるとされた王国軍の散り様とは、なんとも無様であった。貴族を多数捕縛《ほばく》すると共に、王国軍を壊滅《かいめつ》させるという大戦果を挙げ、セドリア川の戦いは幕を閉じる。

グラハム・ロンベルクは激流と火の筏の餌食《えじき》となり、死体は下流で待ち構えていた兵によって発見された。王国の一角を支える公爵家《こうしやくけ》の当主の死去は、王国に激震をもたらす事となる。

そして戦後に行われる王国との交渉《こうしよう》の駒《こま》にするべく、戦場でずっと注視していたレグナルト・ロンベルクの捕縛を命じ、さしたる抵抗《ていこう》もなく身柄《みがら》を確保した。ロンベルク公爵家の次期当主。その身柄を捕虜《ほりよ》にしているとあらば、交渉を優位に進めることができるはずだ。

そうして、完全勝利が確定する。

返り血を浴びて赤黒く体を染めながら、勝利に沸《わ》いて飛び上がっている者もいれば、深い傷を負って床《ゆか》に倒れながらも、勝利による開放感から口元を緩めている者もいる。ホッとするあまり放心状態の者も少なくなかった。

「勝った、か」

俺はそう独りごちた。周囲には王国兵の死体が無数に転がっている。歴戦の猛将《もうしよう》ならば勝利の証《あかし》だと誇ることもできただろう。あるいはヘンリックであっても同様であったはずだ。この世界の人間は戦とともに生きている。こんな光景は日常茶飯事《にちじようさはんじ》なのだろう。

だが平和な国から来た俺のような異分子が、それを簡単に受け入れられるはずもなかった。

──俺がこの凄惨《せいさん》な光景を生み出したのだ。

その事実から目を背《そむ》けることはできない。安堵はあっても達成感や高揚《こうよう》感は無かった。

それでも気丈に背筋を伸《の》ばし、堂々と馬を跨《また》ぐ。

「この勝利は殿下が率いた甲斐《かい》あってこそ。多くの民が救われました。救国の英雄《えいゆう》です」

側にいたシャロンが聖母のような笑《え》みで告げてくる。

「英雄、ね」

自分にはおよそ似つかわしくない称号《しょうごう》だ。

二度の戦いで払《はら》った犠牲《ぎせい》は小さくない。撤退の機を逃す場面を一度のみならず繰《く》り返してしまったことで、本来ならば生き延びていた兵も多くいる。蓋世《がいせい》の英傑《えいけつ》ならばもしくは、用兵を更《さら》に巧《たく》みに行い、犠牲を最小限に抑《おさ》えられただろうと後悔《こうかい》に駆られた。

だが少なくとも、エルドリアの市民は一人も死なずに済んだ。その事実が何よりも、俺の心に安堵をもたらしてくれた。

◆

「ヘンリック皇子、お見事でした」

砦《とりで》でセレスと合流すると、心底ホッとした様子で賛辞を受ける。リブレスタを始末した時に聞いた「お見事でした」とはあまりに性質が異なり、思わず笑みが溢《こぼ》れそうになるが、この身体はそれを許さなかった。

「ああ。万事《ばんじ》うまくいった。無事でよかった。城に引き上げるぞ」

「ヘンリック皇子、無事でよかった……」

そこにひょっこり顔を出したのは、アルシアナだった。目尻《めじり》には涙《なみだ》が浮《う》かんでいて、悪いことをした気分になる。

「どうして貴様がここにいる」

前回のように王国側に囚《とら》われてはひとたまりもないので、エルドリア城での待機を言いつけていたはずだった。

「いてもたってもいられなかったの。セレスの傍《そば》なら安全でしょう?」

「そういう問題じゃないだろう」

俺は呆れて特大のため息を漏らした。アルシアナは言葉を選ばずに言ってしまえばこの国の弱点なのだ。その自覚があるのかないのか、問い詰《つ》めたいのをすんでのところで堪《こら》える。もう危機は去ったのだから大目に見よう、と自分に言い聞かせた。

合流したセレスと共に、エルドリアへの帰路に就く。将兵からはもれなく疲弊《ひへい》した様子が伝わってくる。俺もずっと気を張り詰めていたから、今すぐにでもベッドに倒れ込みたい。

あらゆる思考を放棄《ほうき》してただ無心で歩みを進めていると、アルシアナは声を掛けてくる。

「どんな手品を使って王国軍を倒したの？」

「セレスに聞けば良かっただろうが」

「聞いたら余計不安になってしまう気がして聞けなかったの。ヘンリック皇子を信じて待とうって思ったのよ」

「どう思おうと貴様の勝手だがな。俺が王国軍を破るために用いたもの、それは火だ」

「火？」

「火計は古今東西、戦において一定以上の有効性が認められてきた策だ。人間は炎《ほのお》に呑み込まれれば一溜《ひとた》まりもない」

現代日本でも火災は容赦《ようしゃ》なく猛威《もうい》を振るい、火を用いた犯罪が後を絶たない。裏返せば、それほど威力《いりょく》や殺傷能力が高いが故《ゆえ》に使われているということだ。

「……そうね。火に囚われたら一溜まりもないわ」

凄惨な光景を想像してか、アルシアナは苦い表情を浮かべる。

「それを応用し、火と川を使った奇襲を考えた。渡河中の王国軍は川の流れに逆らっているからな。セドリア川は流れも速い。敵の身動きを制限した状態で一網打尽《いちもうだじん》にできる。そして上流から下流という川の流れを使って火を流した」

「火を流す？」

アルシアナはいまいちピンときていない様子で首を傾《かし》げた。

「木材で筏を作り、それに火をつける。水で火が消えにくくするために、油を浸《ひた》した麻縄《あさなわ》を縛《しば》りつけ、薪《まき》を敷《し》き詰めて上流から流した」

シャロンと私兵隊に命じて集めさせていたのが、この作戦に使うための木材や油、麻縄だった。

大雨に襲われ川の流れが速くなり、筏が転覆《てんぷく》したりすれば消えるだろうが、流れが速くなればそもそも渡河も難しくなる。わざわざ雨の中危険な場所に足を踏《ふ》み入れる事はしないだろう。川の東岸で雨が止《や》み水量が落ち着くのを待ってから進むのが賢明《けんめい》だ。

三国志で孫権《そんけん》と劉備《りゅうび》の連合軍が曹操《そうそう》を打ち破る赤壁《せきへき》の戦いを参考にした。赤壁の戦いでは、油をかけ薪を満載《まんさい》した火船によって曹操の船団が大炎上している。

「それで巻き込まれたら、確かに人間は一溜まりもないわね」

それを確実に成功させるために、銀山から掃除《そうじ》を兼《か》ねて大量に回収してきた粉塵《ふんじん》でグラハムの視界を塞ぎ、対処の邪魔《じゃま》をした。呼吸困難に陥《おちい》らせるばかりか、現状の把握《はあく》すらままならないように仕向け、確実に仕留めようと試みたのだ。

「それで、砦にセレスを置いた意味はあったの？」

「王国軍の慢心《まんしん》を誘《さそ》うためだ。セレスがいる場所が本隊だと思い込ませることができれば、こちらへの注意も殺げる」

アレオンの代わりに総大将を務めているセレスが砦にいるとなれば、どうしてもそこに目がいく。

「でもあれだけ兵がいたら、前線に連れて行った方が良かったんじゃないの？」

「ふん。砦にいた奴らはろくすっぽ戦えない足手まといだ。だが存在しているという事実は使える。本隊を本隊だと思い込ませるには、ある程度の兵が必要だったからな」

王国とて、こちらの損害を正しく把握はできていなかっただろうが、だからといって砦にいる兵が少ないと、たとえセレスがいたとしても怪《あや》しまれる。

貴重な戦力をそこに割《さ》くのは憚られるところだったが、そこに有志の一般《いっぱん》市民が大勢助《すけ》太刀《だち》を表明してきた。お世辞にも戦力として数えるのは難しい。だからこの役目は適任だったわけだ。

本当の主力は山の中に潜《ひそ》ませ、分断された兵に奇襲を敢行《かんこう》した。もっと少ない人数なら、更に被害が出ていただろうし、劣勢に転じるのもかなり早まったはずだ。当人たちは何もしていないと思うだろうが、立派な役割を果たしてくれたと言えよう。

「……それを本当に成功させてしまうのがすごいわ」

感嘆《かんたん》して、真っ直ぐ見つめてくる。

「まだ気を抜くには早い。オストアルデンヌにヴェルマーとそれに追従した貴族が残っている。奴らの始末は容易ではない。こちらが少しの被害も出さずに終わらさなければならないからな」

「そうね。オストアルデンヌはまだ占拠《せんきょ》されたままだもの」

「この期《ご》に及《およ》んで、ヴェルマーに負けるなどということは万が一にもありえない。とはいえ二度の戦いでこちらの将兵は疲弊しきっている。もう一度出兵させる判断は愚将《ぐしょう》のするものだ」

かと言ってしばらく放置しておくわけにもいかないし、早急《さっきゅう》に片付けるとしても、もう一度戦いをすれば必ず被害は出る。散漫《さんまん》な集中力であれば相手がいくら弱兵であろうと多少の痛手は負うものだ。

「ならどうするつもりなの？」

「簡単だ。戦わなければいい」

俺にこれ以上将兵を失うつもりはない。だから戦わない。

頼《たの》みの綱《つな》であった王国軍が壊滅し、もはや味方は追従した貴族のみだ。オストアルデンヌには五百の待機兵が残っていると聞くが、グラハムの討《う》ち死《じ》にを聞いてなお留まるとも思えない。

「戦わないなんて、そんなことできるの？」

「普通《ふつう》の人間は愚直《ぐちょく》に戦う脳しか持たないだろうがな」

「ふふ、期待してるわ」

自分の嫌みったらしい口調に、俺は内心で嘆息《たんそく》するばかりだった。なのに全く気分を害した様子もないアルシアナも大概《たいがい》だが。

そんな話をしながら歩いていると、エルドリアの街が見えてくる。この街を守れて良かったと、俺はただただ安堵に浸るばかりだった。

◆

セドリア川の戦いにおける王国軍敗戦の報は、オストアルデンヌへ速《すみ》やかに届けられた。

「お、王国軍が敗れたとは真《まこと》の話か……？　何かの間違《まちが》いではないのか」

真っ先に狼狽《ろうばい》の声を上げたのは、グラハム・ロンベルクから全幅《ぜんぷく》の信頼《しんらい》を受け、五百の兵を任されていたレスター・シュライヒ伯爵《はくしゃく》であった。

シュライヒ伯爵家《はくしやくけ》は軍部の中枢《ちゆうすう》を担《にな》う軍人を輩出《はいしゆつ》するエリート家系であり、また選民思想の強い人種でもあった。

そのレスターは伝令の報告を聞いて額に青筋を立て、苛立《いらだ》ちを露《あら》わにする。

「王国軍は兵数の上で圧倒的に優位だったはず。そんな状況《じようきよう》で敗れるなど」

ヴェルマーが火に油を注ぐように声を上げる。その声は普段《ふだん》のように間延びしておらず、切迫《せつぱく》した色を帯びていた。

レスターは王国の敗戦以上に、グラハムの訃報《ふほう》に大きな衝撃《しようげき》を受けていた。グラハムのことを誰《だれ》よりも敬愛し、その才を誰よりも近くで認識していたからこそ、グラハムを糾弾《きゆうだん》するかのような色を含《ふく》んだヴェルマーの声に怒《いか》りを覚える。

レスターは思わず睨みつけそうになった自分を抑え、落ち着き払った仮面を即興《そつきよう》で作り上げる。それは王国軍内部の出世競争という過酷《かこく》な環境《かんきよう》に揉《も》まれてきた故のものであった。

そこに一人の兵が焦燥《しようそう》を帯びた表情で報告にやってくる。

「街の中で暴動が起こっております。どうやら市民が王国軍の兵士に襲いかかっているとのこと」

この街においては、誇《ほこ》り高き王国軍の名声は失墜《しつつい》し、もはや形をなさない。

王国軍の主力がオストアルデンヌを発《た》った後も、残った兵士の横柄《おうへい》な行いは留まることを知らなかった。

大公国軍の勝利が誇張《こちょう》されて伝わった今、もはや王国軍の自由を許す者はおらず、それどころかこれまでの鬱憤《うっぷん》を晴らすべく粗末《そまつ》な刃物《はもの》や木の棒を得物として王国軍の兵士を襲い始めたのだ。突然の豹変《ひょうへん》ぶりに歯噛《はが》みしたレスターは苦渋《くじゅう》の決断を下す。

「くっ、もはや是非《ぜひ》もない。すぐに撤退するぞ！」

選民思想の強い彼《かれ》自身にとって、一般市民とは卑《いや》しい人種である。そんな暴動を起こした市民を押さえつけるのは難しくはない。能力で言えば天と地ほどの差があるのだ。しかしこれほど濃厚《のうこう》な叛意《はんい》を見せられれば、もはや王国による統治は立ち行かない。

「そ、そんな！　王国軍の戦力を失えば我らは保《も》たない！」

それはヴェルマーにとっての「死刑宣告《しけいせんこく》」を意味していた。

「貴様を先に切り捨てておけば、私がここに残る必要もなかった。貴様が翻意《ほんい》して背後を突くかもしれない、その懸念がこの結果を引き起こしたに違《ちが》いない。これ以上貴様に助力する義理などない。命が助かりたくば王国に亡命でもするが良い。待遇《たいぐう》は保証せんがな」

レスターは吐き捨てて早足で部屋を去っていく。八つ当たりも同然の言葉だったが、ヴェルマーは怒りを覚える余裕もなく、呆然《ぼうぜん》としてその場に立ち尽《つ》くすことしかできない。

やがて力なく椅子《いす》に座《すわ》り込んだヴェルマーは、拳を卓《たく》に叩きつけた。

揚々《ようよう》と西進したはずの王国軍が、大公国軍に敗れた。その事実を未だ信じられずにいた。

「フ、フフ。これが報いというものかぁ」

「その通りだ」

自嘲《じちょう》に塗《まみ》れた呟《つぶや》きを肯定《こうてい》する言葉は、レスターが去った方向からのものであった。

「……誰かね？」

苦虫を噛み潰《つぶ》した様な顔で応対する。

「ヘンリック皇子直属の私兵隊総隊長のコンラッドだ。これが先代大公を弑《しい》した報いだ。目先の欲望に釣《つ》られ、軽薄《けいはく》な判断と甘い見通しがその結果を生んだ」

「元はと言えば、ヘンリック・レトゥアールのせいで我《わ》が子が大公になれなくなった事が元凶《げんきょう》なのだと、分かっているのかぁ？」

「だからといって、王国に寝返っては傀儡《かいらい》になるだけだろう」

ヴェルマーは「傀儡」という言葉にピクリと反応しつつも、少し落ち着いたのか普段の間延びした声が戻る。

「それで何の用かね？　無様な敗者を嘲笑《あざわら》いでも来たのかぁ？」

「それは今もしている。腹の中でな」

諦念に浸ったヴェルマーに、コンラッドの言葉が刺《さ》さることはない。薄《うす》く笑うだけだった。本来ならば、コンラッドはあらゆる罵詈雑言《ばりぞうごん》を浴びせたかった。だが、それでは主君の計画に支障をきたす恐《おそ》れがあり、グッと飲み込んで命令の遂行《すいこう》に集中する。

「どんな意図があってやってきたのかは知らないけれど、こうなったら最後まで戦い抜くだけさぁ」

どうせ死ぬのなら、戦って死のうという姿勢自体は、弱将らしからぬ決意だとコンラッドはほんの少しだけ感心する。ただ、それを許しては主君の意に添《そ》わないため、煽《あお》るようにヴェルマーに問いかける。

「本当にそれで良いのか？」

「何が言いたいのかねぇ？」

「確かに貴様は国を裏切った大罪人だ。だが、殿下《でんか》はこれ以上の戦いを望んでいない。だから貴様に一つ、選択肢《せんたくし》を与える。殿下は貴様が降伏《こうふく》すれば、家族だけは助命すると仰《おっしゃ》られている」

「……それは本当の話かね？」

思ってもみなかった言葉に、ヴェルマーが目を細める。

「無論、爵位《しゃくい》と領地は没収《ぼっしゅう》だ。それでも家族の命が助かるのは逆賊《ぎゃくぞく》に対しての仕置きとすればあまりに寛大《かんだい》なもの。そして働き次第《しだい》では将来的に爵位の返還《へんかん》も検討する。これを受け入れない手は無いと思うが？」

ヴェルマーはオストアルデンヌの奪還《だっかん》にくる大公国軍を、捨て身の覚悟《かくご》で迎撃する腹積りだった。降伏しても許されるわけがなく、当然の意思である。

「……分かったぁ。その提案、受け入れるとしよう」

しかも永久に爵位が剥奪《はくだつ》されるわけではなく、回復の可能性があるという。自分の命を担保に何より息子二人が助かり、未来にも希望を持てるのなら、それでいいとヴェルマーは思った。

過剰《かじょう》な締《し》め付けで反発を誘うわけではなく、かといって決して甘い処罰《しょばつ》というわけでもない。この塩梅《あんばい》は、ヘンリックがルドワールの一件から今回の戦いまで、一連の出来事を通じて学んだゆえのものだった。

その後、ヴェルマーに追従した貴族全員も同じ条件を呑《の》む決断を下した。

かくしてオストアルデンヌは解放される。王国との領土防衛戦は、これで幕を閉じることとなった。

◆

エルドリア城に帰還《きかん》した翌日、城に貴族たちが集結し、戦勝の宴《うたげ》が開かれた。

「我々は王国軍を退けた。貴殿《きでん》らの奮闘《ふんとう》がこの国を救ったのだ！」

セレスが壇上《だんじょう》から称賛《しょうさん》の言葉を放つ。集まった貴族たちは、一様に笑みを浮かべ、肩《かた》を組んだり、拳《こぶし》を掲《かか》げたりしていた。

「これもヘンリック皇子、貴殿の策略があってのことだ。救国の英雄、その称号はここにいる全員に、いや、国民全員に刻まれた事だろう」

貴族たちは好意的な様子で頷《うなず》き、俺に羨望《せんぼう》の眼差《まなざ》しを送ってくる。どこからかまばらに拍手《はくしゅ》が上がり、徐々《じょじょ》に音が重なっていく。

「もし負けていればここにいる者の命の多くは失われていたはず。そうならなかったのは、皆が確かな勇気を持っていたからだ。それだけは何があっても揺《ゆ》るがない。だから今日だけは、この勝利を噛み締めようではないか！」

その言葉を皮切りに、拍手は俺個人に対するものから、全体を褒《ほ》め称《たた》える喝采《かっさい》へと変貌《へんぼう》した。俺は熱狂《ねっきょう》の中に身を置く気にもなれず、会場の端《はし》で壁《かべ》に寄り掛《か》かりながら、ちびちびとエールを口に含む。シャロンは給仕《きゅうじ》の仕事に追われているようだ。

そうして静かな時間を噛み締めていると、アルシアナが歩み寄ってくる。

「交ざらなくて良いの？」

「俺が交ざるような人間だと思うか？」

「ふふ、そうよね」

「調子に乗って自分たちが強いと勘違《かんちが》いしなければ良いがな」

「それは大丈夫じゃないかしら。この戦いは全員が強さを見せると同時に、弱みを自覚するものにもなったはずだから。それはヘンリック皇子、貴方《あなた》も同じよ」

「……ふん」

二人の周囲にだけ、沈黙が落ちる。

「私たち、本当に勝ったのね」

アルシアナは実感が無い様子だ。俺も同じような心境ではあるが。

「あれだけ貧弱《ひんじゃく》な兵どもを率いて、王国軍相手によく勝てたものだとは思うがな」

同意を示すつもりが、俺の口からは皮肉混じりの言葉が飛び出す。

「父上にも早く報告したいわ」

決して明るいとは言えない声音《こわね》。アルシアナの心に、「現実」の二文字が重くのしかかっているのを、否応《いやおう》なしに感じる。俺はその顔を直視することができなかった。

「……良かった。本当に良かった」

再びの沈黙がきっかけになったのか、アルシアナの瞳《ひとみ》から堰《せき》を切ったように涙が流れ落ちる。嗚咽《おえつ》を漏《も》らすことなく、ただ頬《ほお》を伝い、カーペットに染《し》みを作るだけだった。

その涙には、様々な感情が籠《こも》っている。王国軍を退け、守るべき国民を死なせずに済んだことへの喜びと安心が、そこにはあるのだろう。だが、俺には肉親を失ったことに対する哀傷《あいしょう》の感情が、一番目立って見えた。

俺には寄り添《そ》って慰《なぐさ》めることはできない。だからせめて、口を開いて涙を否定するような野暮《やぼ》なことだけは避《さ》けたい。

俺は無言で背中を向けながら、アルシアナを覆い隠《かく》すように立った。泣き姿を貴族たちの目に触《ふ》れさせないために。

　ヴァラン王国の敗報は瞬く間に大陸各地へ広がった。あまりにも鮮やかな勝利に、ある者は沸《わ》き立ち、ある者は喫驚し、またある者は嘲笑った。これを見て隙《すき》ありとレトゥアール帝国が攻《せ》め入ってくるのではないか、国民がそんな懸念に駆《か》られるのも無理はなかった。ただ、これを機に王国が崩壊《ほうかい》に向かい、大陸全土が帝国のものとなれば、必然的に圧政に苦しむ者は多くなり、帝国奪還《だっかん》の宿志を果たせる可能性が大きく落ちる。そうなることをヘンリックは何としても避けたいと思っていた。願わくば、王国とは良好な関係を築きあげたい。

　そこですぐさま和睦《わぼく》の提案を行う。だが大公国側が歩み寄るのではなく、あくまでそちらが望むなら、というスタンスだった。大公国が勝者であるという事実は揺るがず、上級貴族が何人も捕虜になっている。王国がそんな状況を看過するはずもない。すぐに捕虜引き渡しを前提とした和睦交渉《こうしょう》がエルドリア城で行われることとなった。

「お初にお目にかかります。特派大使のミレアナ・レイシェルと申します」

王国随一《ずいいち》のエリート家系出身であり、平時は宰相《さいしょう》の補佐官を務めていたミレアナが、極《きわ》めて丁重《ていちょう》な態度でセレスとヘンリックの二人に挨拶《あいさつ》をする。

「アルバレン子爵《ししゃく》家当主で大公代理のセレス・アルバレンと申す」

「ヘンリック・レトゥアールだ」

（この男がクーデターで唯一《ゆいいつ》生き残った前皇帝《こうてい》の息子か。理知に富んだ瞳をしているな。一体どのような男なのか）

ミレアナはセレスよりもヘンリックの様子を意識的に観察していた。というのも、今回の戦いがヘンリックの戦術によるものだと、すでに王国内では知られつつあるからだ。

ただその一方で、ヘンリックの悪評も王国内ではよく知られる話である。本当はどのような人物なのか、その見極《みきわ》めもミレアナの使命の一つでもあった。

「アルバレン卿《きょう》、ヘンリック皇子、この度は和平交渉のためお時間をいただき感謝致《いた》します。先の戦いで捕虜となった貴族の引き渡しに応じてくださるとお伺《うかが》いしました」

「ええ。ロンベルク公爵の嫡男《ちゃくなん》に、侯爵家《こうしゃくけ》当主一人とその子息、伯爵家当主が二人とその子息、その他多くの貴族が捕虜としてエルドリア城内の収容所に収容されております」

セレスが真剣《しんけん》な表情ながらも柔《やわ》らかい口調で告げる。今回の戦いでは戦功を挙げさせる良い機会だと、子息の従軍が非常に多かった。その全員の引き渡しは、王国にとって絶対に実現させなければならなかった。

「そちらの引き渡《わた》しのため、王国は可能な限りそちらの要求を呑みましょう」

ミレアナはヘンリックがどのような条件を突きつけてくるのか、固唾《かたず》を呑んで見据《みす》える。

「単刀直入に言おう。こちらが要求するのは、王国北部のブレスレン一帯とその東にあるクレイヴェル、それだけだ」

「なっ」

それだけ、とは言ったものの、ブレスレンは肥沃《ひよく》な土地であり、農業が盛《さか》んで王国の約一割の食糧《しょくりょう》を供給している。八百万の人口を誇る王国で一割もあれば、八十万人分の食糧が確保できることになる。三十万人程度の大公国にとっては過剰と言えるほどの土地だった。何より土の質がすこぶる良いため、良質な作物が採れることでも有名であり、土地柄《とちがら》から農業が育たないエクドール＝ソルテリィシア大公国にとって、食糧自給率を一気に百％以上にまで押《お》し上げられるほどの土地。

そしてクレイヴェルは大公国から国境を越《こ》えて最初の大きな都市であり、公都エルドリアと同等の規模だ。気候的にもエクドールよりも遥《はる》かに良く、商業的に潤《うるお》っている。そんな街を失えば、王国にとっては小さくない打撃《だげき》となる。

（クレイヴェルを拠点《きょてん》として、王国内における商業を拡大していこうというのか？）

商業で名を高めつつある大公国が、王国各都市にアクセスしやすいクレイヴェルという土地を得て商圏《しょうけん》拡大を狙《ねら》うというのなら、王国にとっては決して悪いことばかりではない。

「これでは不満か？」

ミレアナは絶句する。ヘンリックが「何かおかしいか？」と言いたげに眉《まゆ》を吊《つ》り上げている。

（こんな強気な要求をぬけぬけと……）

その時、ミレアナはセレスがほんの一瞬《いっしゅん》だけ眉を寄せたのを見逃《みのが》さなかった。

（まさか、セレス・アルバレンはこの提案に噛《か》んでいない……？　この皇子、どこまで権力を握《にぎ》っているというのだ……？）

「いささか過剰な要求かと存じます。貴国はあくまで、領土を守り切ったに過ぎない。もう一度侵攻《しんこう》すれば、今度は間違いなく攻めとれるはずです」

王国にとって、和平自体にほとんど意味はなかった。大公国側に王国へ侵攻《しんこう》できるほどの兵力は無い。仮に和平が成立したとしても、帝国《ていこく》との協調姿勢が背景にある以上、大公国が帝国に和平の破棄《はき》を迫《せま》られて、王国に対する戦争を起こすことも十分考えられる。

だから本質的には、この和平交渉は王国にとって和平ではなく、捕縛された貴族を返してもらうためだけの交渉に過ぎなかった。

「ふっ、それが脅《おど》しになるとでも？　一度退けた軍勢を二度退けられないはずもない。そもそも、一度失敗した侵攻をもう一度するほどこの国に価値があると？　国内から不満が高まるかもしれない。そうでなくとも、今にでも帝国が攻め寄せてくるかもしれない時に、再出兵などできるはずないだろうが」

（くっ、やはりこちらの立場は理解しているか。想定以上に手強《てごわ》い相手だ）

ミレアナは歯噛みする。かといって、提示された条件を呑むわけにもいかない。捕虜の回収が最優先である以上、どのようにヘンリックから譲歩《じょうほ》を引き出すか、額に滲《にじ》む汗《あせ》を拭《ぬぐ》いながら考え込む。

「そうそう、貴様は宰相の補佐をしているらしいな」

「え、ええ」

突然《とつぜん》の話題転換《てんかん》にミレアナは眉根《まゆね》を寄せながら首を傾げる。

「その宰相は王家の復権を望んでいる。違うか？」

「どうしてそれを……！」

ミレアナはヘンリックの予想だにしない発言を受けて前のめりになる。ミレアナ自身はもとより、宰相とてその意思を外に漏らしたことは一度としてない。それを知る人間が王国内部の人間ならまだしも、帝国の元皇子となれば警戒《けいかい》もする。

「宰相は先代国王から寵愛《ちょうあい》を受けていたと聞いた。にも拘《かか》わらず、今は王家を蔑《ないがし》ろにして三大公爵と昵懇《じっこん》の間柄《あいだがら》とも言われている。ワザとそう振《ふ》る舞《ま》っているのではないか、そう推測しただけだ」

（くっ、カマを掛けたというのか？）

今の問答で、ヘンリックはミレアナの真意を確信した。これを下手に否定するのもわざとらしく、ミレアナは潔《いさぎよ》く認めるしかない。

「……それを知ってどうなさるおつもりですか？　まさか三大公爵に流して宰相閣下を失脚《しっきゃく》に追い込むと？」

「ふん、そんなつまらないことをして何の意味がある。そもそも今回の侵攻は三大公爵が原因だろうが。奴《やつ》らが増長するのを後押《あとお》しする意味などどこにもない。公爵家の連中は随分《ずいぶん》とこちらを見下しているようだが、そんな状態ではこちらも困るのでな。奴らの権力を殺《そ》ぐ、それが目的だ」

「そちらの要求がそれに繋《つな》がると……？」

「ブレスレンはロンベルク公爵領だが、クレイヴェルはヴェリンガー公爵領だ。ヴェリンガー公爵は、間違いなくこれを拒絶《きょぜつ》する。しかも今回はロンベルク公爵単独での失敗だ。その尻拭《しりぬぐ》いをさせられるのは耐《た》えられないだろうな」

クレイヴェルはヴェリンガー公爵領内でも三番目の規模を誇り、そこを失うのは非常に痛い損失となるのは間違いない。

「……そうですね。その可能性は高いでしょう」

「だが一方でコルベ公爵家としては、政敵であるヴェリンガー公爵家の力を殺ぐことができる。自分の身を削ることなく和睦が成立するなら、これを受け入れるのは内心やぶさかではないだろうな」

「つまり、この和睦を成立させるための説得は、ヴェリンガー公爵だけで十分、ということですか？」

「説得？　そんなものは必要ない。そもそもどんなに説得したところでヴェリンガー公爵が呑むことはない」

ヘンリックは鼻で笑う。

「なるほど。政敵の尻拭いをさせられるなど到底《とうてい》受け入れられないでしょう」

その上条件を突《つ》きつけてきたのが散々見下してきた元侯爵家のソルテリィシアとなれば、説得など全く意味をなさない。

「ブレスレンの代わりに食糧の十年間無償譲渡《むしょうじょうと》を盛《も》り込んだ譲歩案《じょうほあん》を提示させてもらうが、クレイヴェルだけは外せない」

「つまり、ヴェリンガー卿だけが痛い目を見ることになる、と？」

「その通りだ。こちらは譲歩する余地を見せた。それでも突っぱねたら？」

ミレアナは生唾《なまつば》を飲み込《こ》み、口を真一文字に結びながらヘンリックの双眸《そうぼう》を真《ま》っ直《す》ぐ見据える。

「そもそもこの和睦条件を拒絶することは、すなわち捕虜を見捨てるも同然だ。譲歩した条件すらも突っぱねね、ロンベルク公爵ですら切り捨てられた、そんな事実を前にして、他の貴族はどう動くと思う？」

「誰もが少なからずヴェリンガー卿に不信感を持つ、と？」

「そういうことだ。だから貴様が宰相の望みを叶《かな》えようというならば、国王にヴェリンガー公爵を追い詰めさせろ」

はっきり言って、ヘンリックの策略がうまく運ぶ確証はない。

ただ、ミレアナも現状に甘《あま》んじるつもりはなかった。リスクを取らなければ、王家の復権は叶わない。三大公爵の一角が崩《くず》れた今が、最大の好機かもしれない。ミレアナはゆっくりと顔を上げる。

「……分かりました。宰相閣下にはお伝えしておきましょう」

ミレアナは熟慮《じゅくりょ》ののち王家復権への期待を胸に宿し、本国への帰還の途《と》へつく。しかしその心中は複雑だった。

(あの皇子、どこまで事を見据えている?)

今回の会談をただ王国にどれだけ身を切らせるかを迫る和平交渉にするのではなく、今後の王国の行方《ゆくえ》、ひいては王家の復権に焦点《しょうてん》を当てたものにしていた。最初はどう大公国側を折らせるかばかりを考えていた思考もいつのまにか霧散《むさん》し、なかなか強《したた》かだと感心させられた。

これならば大公国は心強い味方になるかもしれないとすら思わされる。ミレアナは会談でそれだけの才覚を確かに感じ取った。横柄な態度は多少鼻につくものの、大公国内で信望を集めたのは決して偶然《ぐうぜん》ではない。

(先帝《せんてい》の子という立場は帝国内であまりに厄介《やっかい》な存在だった。万が一にも皇子が国内で力を得て、反乱など画策できないよう、辺境に追いやったわけだ)

境遇《きょうぐう》からしても、帝国への復讐心《ふくしゅうしん》があるのは明白で、それを果たすために動いているのではないか、ミレアナはそう感じた。

(それはつまり王国にとっては頼もしい味方になりうる人物だということだ。大公国の国力が上がれば、王家にとっても利があるということになる。今回の和睦、なんとしても通さねばならないな)

ミレアナはそう強い決意を胸に抱《いだ》き、帰国を急いだ。

◆

ミレアナが去った後、俺《おれ》は執務室《しつむしつ》で戦後処理に奔走《ほんそう》していた。

「本当にうまくいくのでしょうか」

大使との面会を思い出してか、シャロンが不安そうな声を上げる。

「うまくいかなければそこまでの話だ。こちらはグラハムが遺《のこ》した唯一の男子であるレグナルト・ロンベルクを捕虜《ほりょ》にしている。呑まなければ、跡目《あとめ》争いが起こる」

「跡目争い？」

「伝統あるロンベルク公爵家《こうしゃくけ》を取り潰すとは思えない。その当主にはヴェリンガー、コルベ双方《そうほう》が息のかかった人間を送《おく》り込もうとする。内紛《ないふん》が起こるかもしれない。立ち回り次第では、王家が力を取り戻《もど》せる可能性も大いにある」

ただ、内紛は帝国にとって格好の隙になる。それは三大公爵とて理解しているだろうから、浅慮《せんりょ》にも兵を起こすようなことはしないはずだ。

「殿下も王家の復権を望んでおられるのですか？」

「帝国を取り戻すためには、王国を味方に付けるのが不可欠だ」

ヘンリックの帝国奪還には、王国と足並みを揃《そろ》える必要がある。大公国単体で帝国に太《た》刀《ち》打ちすることなど夢のまた夢なのだ。

「王家の復権がその鍵《かぎ》になると？」

「そもそもヴァラン王家と大公家は元々仲が悪いわけではない。三大公爵が台頭したせいで関係が急速に悪化した。奴らは大公家を見下しているからな。王家が力を失ったままだと困るんだよ」

大公国は元々、「王国の右腕《みぎうで》」として国を支えていた。初代大公アレクシスを中心に構成された強力な軍隊を背景に、暫《しばら》くは平穏《へいおん》な関係が続くも、蜜月《みつげつ》な関係も長くは続かなかった。戦ばかりに傾倒《けいとう》してきたアレクシスは失政を連発し、元々豊かとは程遠《ほどとお》かったエクドールをさらに貧しくする。

銀山が見つかったのは僥倖《ぎょうこう》だったが、アレオンの父は武芸・政治に一切《いっさい》の興味を持たず、奢侈《しゃし》で自らの力を大きく殺いだ。

右腕を失った王家は、ソルテリィシア家に爵位を凌駕《りょうが》されて不満をつのらせていた三大公爵によって立場を覆《くつがえ》されることになるのだ。ただ王家が国の舵《かじ》を失ってもなお、アレオンが大公の地位を世襲《せしゅう》してから今に至るまで、国との関係悪化とは別に大公家と王家の関係自体は比較的良好《ひかくてき》であった。そのため、王家が本来の権威《けんい》を取り戻しさえすれば、協調に関する懸念《けねん》というものはかなり減ってくる。

現状の王国はロンベルク公爵家が当主を失った挙句次期当主の嫡男も捕虜の身になっていることで、その煽りを受ける形でヴェリンガー、コルベの両公爵も求心力を少しずつ失いつつある。王家にとってはこれ以上ない追い風と言えた。

「そうなると帝国の動きが気になりますね」

「好機と見て兵を挙げるか、静観を貫《つらぬ》くか。ゲレオン・サミガレッドはああ見えて慎重《しんちょう》な男だ。念入りに計画を立て、完璧《かんぺき》な筋書きを作ってから実行に移す。そういう男だ」

ヘンリックが臍《ほぞ》を噬《か》み、シャロンは何も言えなかった。

ゲレオンはかつて。戦で大きな戦功を挙げながら、領地の加増を受けられなかったことに激怒《げきど》した。帝国としても戦功を挙げたゲレオンには領地の加増を行いたかった。

ただこれ以上領地を与《あた》えてしまうと、帝室《ていしつ》と諸侯《しょこう》の力関係に綻《ほころ》びが生じる恐れがあった。帝室も、帝政《ていせい》が揺らぐような情勢を作り出すわけにはいかなかったのだ。膨大《ぼうだい》な軍事費を注《そそ》ぎ込み多大な犠牲《ぎせい》を払《はら》ったにも拘わらず得られた土地は皆無《かいむ》であり、戦功に対する褒美《ほうび》は極めて乏《とぼ》しいものだった。帝室への不信感が募《つの》るのも当然の帰結である。

以後、サミガレッド家を筆頭に反帝室の動きが水面下で活発になる。ゲレオンは国内随《ずい》一《いち》の武闘派《ぶとうは》でありながら、クーデターを鮮《あざ》やかに成功させられるほどに狡猾《こうかつ》な頭脳派でもあり、慕《した》う人間も非常に多かった。

そうして、クーデターが勃発《ぼっぱつ》する。

クーデターは極めて念入りで、起きた時にはもう全てが手遅《ておく》れな段階だった。味方だったはずの人間はあらゆる手段によって誰もがゲレオンの前に膝《ひざ》を突かされ、クーデター計画に加担した。そんな過去を思い出し、口の中が異様に渇《かわ》く。一連のクーデターのことを思い出すと、いつもこうなってしまう。

ふとシャロンの方に目を見やると、瞬時《しゅんじ》に双眸が合った。

「殿下。殿下は私の想像し得ないほど多くのことを考えているのでしょう。でもあれほど人を寄せ付けなかった殿下が、こうして考えていることのほんのわずかでも、私に共有してくださるようになったことを喜ばしく思っています。私は殿下を裏切りません。だから私を、信じてくださいね」

「ふん。口でならなんとでも言える」

シャロンのことは誰よりも信用している。だが、まだ信頼と呼ぶには程遠い。それはヘンリックがまだ心を開いておらず奥底《おくそこ》に怯《おび》えを持っているから。そして何より、あまりにも未熟なのだ。宮籐稔侍《みやとうねんじ》だけではなく、ヘンリックに受け入れさせなければ、真の意味での信頼とは言えない。信頼できるように、歩み寄っていきたい。そう強く思うのだった。

◆

俺が提示した和睦条件は、貴族全員が緊急招集《きんきゅう》された王国議会の場で協議された。

当然の如くヴェリンガー公爵は拒否《きょひ》し、大公国に譲歩を求めるよう突っぱねた。そこにミレアナが譲歩案を提示し、ヴェリンガー公爵は狙い通り言葉に詰《つ》まる。

それでも認められないと拒絶したところに、すかさずヴァラン王国国王ジークハルト・ヴァランが「ロンベルク公爵のみならず、他の多く貴族も見捨てるということか」と詰め寄ると、一気に風向きが変わったという。

そもそも三大公爵が大公国憎しで無茶《むちゃ》な要求を強《し》いた結果であると、更《さら》にジークハルトが畳《たた》み掛けると、議会は一転してヴェリンガー公爵やコルベ公爵を非難する風潮に変わった。

覚悟を決めたジークハルトの振る舞いも威厳《いげん》のあるもので、ヴェリンガー公爵はたじろいだ。

宰相の働きかけにより国内ほとんどの貴族が集結した緊急議会の場において、この風向きの変化はあまりに大きい。議会の場を王家が支配する正常な体制が戻っていた。

主導権を再び取り戻そうとヴェリンガー公爵も躍起《やっき》になるが、貴族たちの反応は薄く、もはや奪還は絶望的だった。

結局は譲歩案の受け入れが採決され、大公国がブレスレン一帯を得ることはできなかったが、クレイヴェル一帯は手に入り、俺はその統治者になった。今後は王国内への商業拠点として整備し、大公国全体の経済を更に活性化させていきたい。

加えて、国王直々の提案で対等な形での秘密同盟を締結《ていけつ》することとなり、王国との関係が一気に改善することになる。

「お疲《つか》れ様《さま》でした。殿下」

「ああ」

執務室で雪吹雪《ゆきふぶき》が舞う外の様子を眺《なが》めていると、シャロンが労《ねぎら》いの言葉を掛けてきた。

戦後処理や和睦交渉などの一連の仕事が一段落してようやく一息つくことができたのだ。

「ミレアナ様も感謝しておりました。王家があるべき姿に戻り、国王や宰相も喜んでおられるとか」

個人的な礼として、金銭やら王国の宝物やらを受け取ったが、帝国の皇子である俺にあからさまな感謝を露わにするとは思わなかった。確かに俺の意図を国王が認識《にんしき》していなければ、和睦協議で鮮やかに主導権を取り戻すことは難しかったから、俺が王家の復権を望んで授《さず》けた策であるという意図を伝えないわけにはいかなかったわけだが。

今回の一件で、国王にはサミガレッド家への復讐心という俺の行動原理を汲《く》み取ってもらえたはずだ。王家とはこれから協力体制を整えていきたいと思っているので、結果としては上々だろう。

「それよりも大恥《おおはじ》をかいたヴェリンガー公爵やコルベ公爵の動向は注視すべきだろう。帝国がいずれかに接触《せっしょく》する可能性だってある。これまでは曲がりなりにも王国はそれなりに団結していた。それが崩れたんだ。これからが本当の戦いになる。気を抜《ぬ》くなよ」

「もちろんです」

数日後にはクレイヴェルへ移る。やることは山積みだ。

だが、今くらいは気を抜いてもいいだろう。

俺は再び窓の外に目をやる。横殴《よこなぐ》りだった雪が、少しだけ弱まっているように見えた。

長年膠着《こうちゃく》状態だったヴァラン王国とレトゥアール帝国の戦争はそう遠くないうちに起こるだろう。

今はその充電《じゅうでん》期間だ。

あとがき

初めまして。第三回ＨＪ小説大賞後期で受賞し、本作にてデビューさせていただきました嶋森航と申します。

私は本当に沢山の人に恵まれて、ここまで来ることができました。

まず最初に、本作の出版に関わってくださった全ての皆様に感謝を申し上げます。新人賞審査員の方々、そしてその中でも本作を推してくださった担当編集であるＭ様には、一番に感謝を申し上げたいです。書籍化という私の夢を叶えてくださり、本当にありがとうございます。

受賞の連絡をいただいた瞬間の幸せは、今でも忘れられません。

応募時の原稿は決して、完成度の高いものではなかったと思います。それでも光るものを感じ取って上に引き上げてくださった御恩は、一生胸に留めて生きていきます。

本作は五年前、すなわち私が二十歳の頃に書いた作品です。

当然ながら粗はあまりに多く、本作の出版にあたって一から全て書き直しました。それでも担当編集様が根気強く改稿に付き合ってくださったおかげで、ここまでのクオリティに仕上げることができました。ありがとうございます。そしてこれからも末永くよろしくお願いいたします。

次に、この物語に息を吹き込んでくださったくろぎり様。大変素敵なイラストをたくさん描いていただき、ありがとうございます。最初にキャラデザを見た時、感動で涙が出ました。カバーイラストを見た時、身体が震えました。シャロンは比類なき可愛さで、アルシアナは気高く綺麗で、ヘンリックはめちゃくちゃカッコよく描かれていて、毎日イラストを見るたびに悶えています。くろぎり様に描いていただけて、私は本当に幸せです。この物語が続く限り、引き続きご助力いただけますと幸いです。

また、夢を応援してくれた大学の先生方や友人、これまで支えてくれた両親にもこの場を借りてお礼を述べさせていただきます。

最後に本作を読んでくださった読者の皆様。たくさんの作品が世に溢れている中で、本作を選んでいただけたこと、大変光栄に思います。本作があなたの心を動かせていたのなら、これ以上の喜びはありません。

さて、話は変わりますが、あとがきとは読む人と読まない人が分かれる場所だと私は思っています。

私個人としては、いい作品に出会った時に、胸に残った充足感や余韻を少しでも引き延ばすために読んでいるなぁという感覚です。

名前は伏せますが、私はとある作品のあとがきで更《さら》に感動した経験があります。その作品は当然、内容自体も私の心を大きく揺さぶるような傑作でした。

つまりあとがきとは、読後感をさらに良いものにできる、そんな場所なのだと思います。

だからこそ、自然とあとがきを読みたいと多くの人が思えるような作品になっていたらいいな、と心から祈っています。そして続刊を出せることになった時、読者の皆様の心に何かが残るような、そんなあとがきを書けたらと思っています。

次にこの場でお会いできることを心待ちにしております。

嶋森　航

HJ文庫 https://firecross.jp/
1217

冷徹皇子の帝国奪還計画 1

2025年2月1日　初版発行

著者――嶋森航

発行者―松下大介
発行所―株式会社ホビージャパン

〒151-0053
東京都渋谷区代々木2-15-8
電話　03(5304)7604（編集）
　　　03(5304)9112（営業）

印刷所――大日本印刷株式会社

装丁――小沼早苗（Gibbon）／株式会社エストール

Printed in Japan

ISBN978-4-7986-3749-5　C0193

ファンレター、作品のご感想お待ちしております

〒151－0053　東京都渋谷区代々木2－15－8
(株)ホビージャパン HJ文庫編集部 気付
嶋森航 先生／くろぎり 先生